Angelika Niestrath · Andreas Hüging

ROKI

Kuddelmuddel im Klassenzimmer

ANGELIKA NIESTRATH ANDREAS HÜGING

ROKI

Kuddelmuddel im Klassenzimmer

Mit Bildern von

Nikolai Renger

cbj

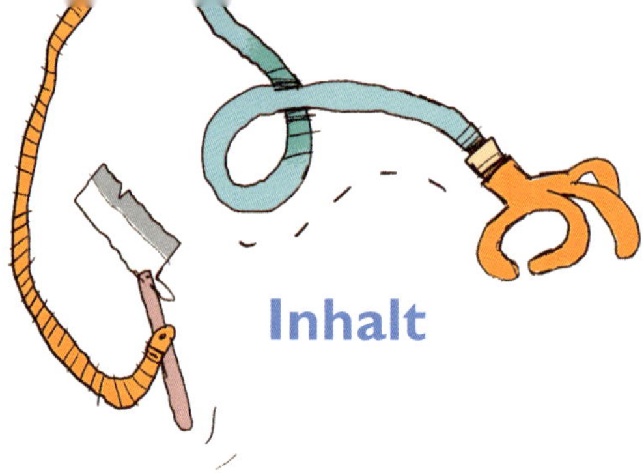

Inhalt

Piiijub...

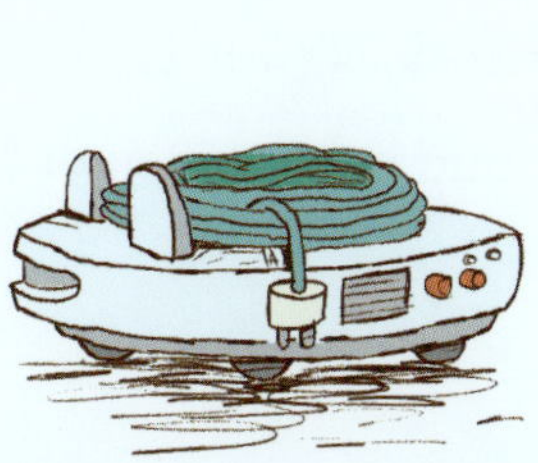

Blitz ohne Gewitter

„Ich geb's auf!" Paul schlug seine Decke zurück und schwang die Füße aus dem Bett. Schon seit Stunden versuchte er einzuschlafen, doch es wollte einfach nicht klappen. Jetzt tappte er zum Fenster und schaute gähnend hinaus. Ab und zu lugte der Mond hinter schweren, graublauen Wolken hervor. Seine funkelnden Freunde, die Sterne, ließen sich auch nur spärlich blicken. Unten glänzte die Straße vom Regen.

Am Haus gegenüber konnte Paul gerade noch den Namen des neuen Ladens entziffern: *Salon Viktor Wau.* Der Hundefriseur mit dem lustigen Namen hatte letzte Woche erst eröffnet und Paul hatte ihn bis jetzt noch nie getroffen. Ob der Mann wirklich so hieß? Paul kicherte. Irgendwann traute er sich vielleicht zu fragen. Doch jetzt war der Laden längst geschlossen, so wie alle anderen Geschäfte auch. Alle? Nein! In Viktor Waus dunklem Schaufenster spiegelte sich die Neon-Leuchtschrift von *Valeries Späti.*

Der kleine Kiosk lag im Erdgeschoss, nur eine Etage unter Pauls Zimmer, und gehörte seiner Mutter. Paul mochte es nicht besonders, dass Valerie immer so lange arbeiten musste. Aber ein Späti hieß nun einmal Späti, weil er bis spät in die Nacht aufhatte. Und irgendwie war es auch cool, so einen besonderen Laden zu haben: Jeden Tag trafen sich dort die Leute aus der Nachbarschaft, um Valeries berühmten Zitronenkuchen zu kosten und den neuesten Klatsch auszutauschen. Oder um spätabends noch Chips, Getränke oder Klopapier einzukaufen. Wenn keine Schule war, saß Paul gerne an seinem gemütlichen Stammplatz im Schaufenster und sah dem bunten Treiben zu.

Das Allercoolste an *Valeries Späti* aber war das Lager hinter dem Laden. Valerie hatte es vor einiger Zeit an den Wissenschaftler Adam Batomil vermietet. Seitdem wohnte Adam dort und arbeitete an einer echten Sensation: dem ersten selbstlernenden Roboter der Welt!

Anfangs hatte Adam versucht, seine Erfindung vor Valerie und Paul zu verbergen. Doch neugierig, wie Paul nun einmal war, hatte es nicht lange gedauert, bis er das Geheimnis entdeckt hatte. Paul war dabei gewesen, als der kleine Roboter seine ersten Schritte machte. Er hatte ihm sogar seinen Namen gegeben: Roki! Halb Roboter und halb Kind. Denn genau das war Roki.

Die beiden waren schnell beste Freunde geworden und hatten schon einige Abenteuer zusammen erlebt. Kein Wunder: Roki war mindestens genauso neugierig wie Paul. Wenn es etwas Interessantes zu entdecken gab, konnte man ihn kaum bremsen. Und er wollte ständig mit neuen Informationen gefüttert werden! Rokis geniales Computergehirn merkte sich im Nu jede Kleinigkeit und vergaß sie dann nie wieder. *Rokipedia* nannte

Adam diesen Superspeicher. Der Wissenschaftler hatte Paul erklärt, dass das menschliche Gedächtnis ganz ähnlich funktionierte – wie ein Schrank mit unzähligen Schubladen. Dort wurden alle Erlebnisse und Informationen säuberlich einsortiert.

Doch Paul hatte da so seine Zweifel: Seine Gedanken sausten eher herum wie wild gewordene Hummeln, die absolut nicht in ihren Schubladen bleiben wollten – besonders nach einem aufregenden Tag. Und seit er mit Roki befreundet war, gab es eigentlich nur noch aufregende Tage. Ob das auch der Grund für seine Schlaflosigkeit war? Seufzend krabbelte Paul zurück ins Bett und schloss die Augen. Eine Weile noch gingen die Schubladen in seinem Kopf auf und zu, auf und zu, auf und zu ... bis die Hummelgedanken endlich zur Ruhe kamen.

Paul begann gerade leise zu schnarchen, da fuhr plötzlich ein roter Lichtstrahl durch die Dunkelheit!

Einsatz im Schlafanzug

Sekunden lang wurden die gegenüberliegenden Häuser hell angeleuchtet. Die Fensterscheiben warfen das bunte Licht zurück und ließen es durch Pauls Zimmer bis auf sein Kopfkissen tanzen.

„He, Manno!", protestierte Paul. War er nicht eben erst eingeschlafen? Wie konnte es da schon wieder hell sein? Verwirrt tastete er nach seinem Wecker. Gerade wollte er einen Blick auf die Uhrzeit werfen, da sauste der nächste Blitz über die Fassaden auf der anderen Straßenseite – ein leuchtend grüner diesmal. Moment mal, heute war doch nicht Silvester! Und ein Feuerwerk müsste man ja wohl auch hören? Paul lauschte. Nichts. Trotzdem strahlte es draußen jetzt orange, dann wieder rot und grün. Was war da los? Wo kam das her?

Paul öffnete das Fenster und streckte vorsichtig den Kopf hinaus. Valeries Leuchtreklame war erloschen, der Kiosk war geschlossen. Doch was war das? Im Haus gegenüber entdeckte Paul einige Nachbarn, die in Bademänteln auf ihren Balkonen standen. Im ersten Stock, genau auf der Höhe von Pauls Fens-

ter, starrten Frau Kursawe und ihre sechs Möpse gebannt in den bunt flackernden Himmel. Paul kannte sie gut von ihren täglichen Besuchen im Kiosk. Er wusste sogar, was die dicken kleinen Hunde am liebsten fraßen: Valeries Zitronenkuchen!

„Schaut mal, ihr Süßen", flötete Frau Kursawe, „ist das nicht traumhaft!"

Immer wieder rauschten die farbigen Lichter lautlos durch die Nacht. Es sah schön aus und irgendwie unheimlich zugleich.

„Boah, total crazy!“ Auch Valerie war aufgewacht und stellte sich neben Paul ans Fenster. „Was ist das?“

„Keine Ah…“

WUUMMM! Von draußen rumste etwas so laut an die Wohnungstür, dass sie beide zusammenzuckten.

„Huch!“, entfuhr es Valerie.

„Mau!“, schallte es von draußen zurück. Das war unverkennbar die Stimme von Pendler, dem fetten Kater. Seit Paul denken konnte, streunte Pendler in der Nachbarschaft herum – daher der Name. Doch jetzt wohnte der Kater schon eine ganze Weile bei Adam und Roki in der Werkstatt. Und gerade eben hatte er anscheinend seinen dicken Pelzpopo mit voller Wucht gegen die Türe geworfen.

„Na, der kann was erleben!“, schimpfte Valerie. Doch als sie die Türe aufriss, war da nur noch Pendlers buschige Schwanzspitze zu sehen. Wie eine gelbe Rakete verschwand das Ende des Katers in der nächsten Etage.

„Komisch“, wunderte sich Valerie, „was sollte das denn?“

„Hinterher!“ Das war Adam, der Wissenschaftler. Barfuß und im Schlafanzug stürmte er an den beiden vorbei die Treppe hinauf. Die notdürftig geflickte Brille hing ihm schief auf der Nase. Auf einer Backe war noch der Abdruck seines Kopfkissens zu sehen. Anscheinend hatte Adam bis gerade eben tief und fest geschlafen. Doch jetzt fuchtelte er wild mit den Armen.

„Wir haben einen Notfall!"

„Einen Notfall, was, wo?" Bevor Valerie „Stopp!" rufen konnte, hatte Paul sich Pantoffeln und eine Jacke geschnappt und heftete sich an Adams Fersen.

„Was hat Pendler denn", drängte Paul atemlos, während sie die Treppe hinaufliefen, „was ist passiert?"

„Folgt mir", ächzte Adam, „schnell, schnell!"

„Wartet!" Valerie versuchte, sich im Laufen einen Pullover über den Kopf zu ziehen. „Maf if 'ier eigentlif lof?", keuchte sie durch die dicke Wolle.

Niemand antwortete.

Paul und Adam waren inzwischen im obersten Stockwerk angekommen. Dort gab es nur die Tür zum Dachboden. Sie stand sperrangelweit auf. Der Raum dahinter war dunkel. Doch am anderen Ende war eine Dachluke zu sehen, auch sie war weit geöffnet. Im Sekundentakt fielen von draußen bunte Blitze hinein und trafen eine kleine Trittleiter, die direkt darunter stand.

„Das Leuchten", rief Paul aufgeregt, „kommt das etwa von *unserem* Dach?"

Da stürzte Adam schon auf die Luke zu.

Und plötzlich hatte Paul eine Ahnung: *Konnte es sein, dass – Aber nein, das war unmöglich. Viel zu gefährlich!*

Ein verrückter Traum

Mit wenigen Sätzen war Paul bei der Trittleiter. Schnell zwängte er sich neben Adam, um durch das kleine Fenster nach draußen zu schauen. Genau in diesem Augenblick rissen die dunklen Wolken auf. Der Mond goss sein silbernes Licht über die Stadt und Paul sah …

„Roki!“

Die Arme weit vor sich ausgestreckt, balancierte sein bester Freund über das Dach wie ferngesteuert. Der weiße Plastikkörper glänzte und aus Rokis Augen strahlte es grün-blau in alle Richtungen.

Ein paar Meter weiter saß der Kater Pendler. Sein buschiger Schwanz fegte durch die Luft wie eine explodierte Flaschenbürste. Auch ihm gefiel es gar nicht, was der elektronische Knirps da trieb.

„Roki!“ Adam winkte. „Komm zu Papa!“ Doch nichts geschah.

„Da, über dem Kiosk!“ – „Seht doch mal!“ – „Ist da etwa jemand auf dem Dach?“

Von den Balkonen gegenüber tönten die Stimmen der Nachbarn herauf. Ab und zu jaulte ein Mops.

„Laterne, rabumm!“, sagte Roki plötzlich. „*Pijuuub*! Aha!“

„Was ist mit ihm los?“ Valerie drängelte sich zwischen Adam und Paul in die enge Luke. „Ist er verrückt geworden?“

„Ich weiß es nicht", jammerte Adam. „Er scheint mich gar nicht zu hören!"

Moment mal! Paul fiel etwas ein.

„Kann es sein, dass Roki schlafwandelt?", fragte er aufgeregt. Von Schlafwandlern hatte er nämlich einmal in einem Buch gelesen: Das waren Leute, die im Traum herumliefen und verrückte Dinge taten – wie zum Beispiel aufs Dach klettern. Dann durfte man sie nicht erschrecken, das hatte Paul sich gemerkt. Er streckte den Kopf aus der Luke hinaus, soweit es ging.

„Roki?", rief er behutsam.

„Rabimmel, rabammel, rabumm", sang der kleine Roboter und ließ seine Augen leuchten.

Paul überlegte: Ob Roki gerade vom Laternenumzug träumte? Dabei war er schon einmal fast verloren gegangen. Paul erinnerte sich noch sehr gut an die Geschichte. Und plötzlich hatte er eine Idee.

„Ich gehe mit meiner Laterne", fing er an zu singen, „und meine Laterne mit mir."

„Alle verrückt!", stöhnte Valerie.

„Schschsch", zischte Adam, „ich glaube, ich weiß, was er vorhat. Das ist genial!"

„Da oben leuchten die Sterne …", sang Paul weiter, „und unten leu-heuchten wir." Gespannt beobachtete er seinen Freund. Ob Roki ihn im Traum hören konnte?

Tatsächlich: Der kleine Roboter blieb plötzlich stehen. Die bunten Blitze aus seinen Augen wurden etwas schwächer.

„*Pijuuub*?“, machte er fragend. „Paul?“

Roki hatte ihn im Schlaf erkannt! Paul fiel ein Stein vom Herzen. Jetzt musste er ihn nur noch vorsichtig zurück zur Luke lotsen.

„Der Laternenumzug ist jetzt aus“, sagte Paul laut und deutlich. „Am besten kommst du langsam zu uns rüber. Adam ist auch hier.“

„Adam, aha“, nickte Roki. Dann drehte er um und stapfte auf die Dachluke zu.

„Gleich hast du es geschafft.“ Paul hielt ihm einen Arm entgegen, kurz darauf spürte er Rokis Roboterhand in seiner. Nie zuvor hatte ein Händedruck sich so gut angefühlt.

Gemeinsam hoben sie Roki durch die Luke. Der kleine Roboter lag jetzt friedlich in Adams Armen und schien tief und fest zu schlummern.

„Elektronisches Schlafwandeln“, murmelte Adam. „Keine Ahnung, wie das überhaupt möglich ist.“ Gerührt betrachtete der Wissenschaftler seine Erfindung.

„Also, Paul“, sagte er dann, „das hast du wirklich großartig gemacht.“

„Er ist ja auch mein Sohn!“, schmunzelte Valerie stolz. „Der jüngste Roboter-Experte aller Zeiten.“

Pendler schnurrte wie ein Busmotor. Er wollte wohl daran erinnern, dass er auch geholfen hatte, Roki zu retten.

Und Paul? Der merkte erst jetzt, dass seine Knie vor Aufregung ganz wabbelig geworden waren.

„Bot!“, sagte er. Denn das sagte Roki immer, wenn ihm etwas besonders gut gelungen war.

Pizzaverbot

Als Paul am nächsten Tag müde nach Hause schlurfte, kam ihm der Weg doppelt so lang vor wie sonst. In der Schule war es anstrengend gewesen – nicht nur wegen der schlaflosen Nacht. Sondern vor allem, weil er niemandem von der großen Roboterrettungsaktion erzählen durfte! Pauls größter Traum war, Roki eines Tages mit in die Schule zu nehmen und ihn allen seinen Freunden vorzustellen. Ihm wurde immer ganz warm vor Stolz, wenn er sich das nur ausmalte. Leider hatte Adam es bis jetzt noch nie erlaubt. Auch wenn Roki seit ihrem letzten Abenteuer nicht mehr so richtig geheim war, fand Adam es immer noch besser, wenn so wenig Leute wie möglich von ihm wussten. Aus gutem Grund! Es gab nämlich jemanden, der hinter Roki her war: Professor Ludek Neklapil, ein ziemlich fieser Erfinder-Kollege von Adam, wollte unbedingt auch einen selbstlernenden Roboter haben. Vor nicht allzu langer Zeit hatte er Roki sogar entführen lassen. Adam und Paul hatten damals das Schlimmste verhindern können. Doch niemand wusste, ob dieser Professor Neklapil es nicht noch einmal versuchen würde.

Deshalb hatte Adam auch ständig Angst um Roki. Und nach der letzten Nacht würde er jetzt sicher extra vorsichtig sein.

Paul seufzte. Dass Roki mit ihm in die Schule gehen würde, musste wohl noch länger ein Traum bleiben.

„*Attenzione, Paolo*!", tönte da plötzlich eine Stimme in seinem Rücken. Das war Gina, die Pizzabotin vom *Ristorante Subito*. Adam war ihr bester Kunde. Beinahe täglich ließ der Wissenschaftler sich etwas aus dem Restaurant in die Werkstatt bringen.

„Du wärst mir fast vor den Roller getorkelt", lachte Gina unter ihrem Motorradhelm, „schlafwandelst du etwa?"

„Ich nicht, aber Roki", grinste Paul, nun plötzlich viel besser gelaunt.

Gina gehörte sozusagen zur Familie und wusste alles über den kleinen Roboter. Vor ihr brauchte er keine Geheimnisse zu haben. Während Gina ihren Roller neben ihm herschob, berichtete Paul ausführlich von seinem nächtlichen Abenteuer auf dem Dach. Stolz genoss er es, wenn Gina vor Staunen die Augen aufriss.

In null Komma nix standen sie vor *Valeries Späti*. Drinnen ließ Paul sich sofort auf die weichen Kissen im Schaufenster fallen.

„Na, war es sooo lalalaaangweilig in der Schule?", neckte Valerie ihren Sohn.

„Totaaaal“, gähnte Paul. „Zum Glück haben wir richtig viele Hausaufgaben auf.“

„Hallo?“, wunderte sich Gina, „bist du gaga? Seit wann machen Hausaufgaben glücklich?“

„Seit Roki ihm dabei hilft“, lachte Valerie.

Tatsache: Seit Roki da war, machte Paul das Lernen richtig Spaß. Nicht nur, weil der kleine Roboter viel schneller rechnen konnte als er – es gab auch immer viele Dinge, die Paul seinem Freund erklären konnte. So hatten sie beide etwas davon.

„Wo ist Roki überhaupt?“, wollte er wissen.

„Pennt hinter der Kasse“, sagte Valerie. „Adam hat ihn vorhin vorbeigebracht. Wir dachten, du willst doch bestimmt dabei sein, wenn er aufwacht.“

„Cool!“ Paul sprang auf und sah nach.

Roki saß mit geschlossenen Augen auf einem Hocker hinter dem Tresen und schlummerte immer noch tief und fest. Das Blitzlichtgewitter hatte ihn sicher viel Kraft gekostet. Zur Erholung hatte Adam seiner Erfindung einen extratiefen Roboterschlaf verordnet. Aus Rokis Bauch drang ein leises Brummen, wie immer, wenn er zum Aufladen an der Steckdose hing.

„Habe ich da gerade meinen Namen gehört?“ Adam schob seinen wuscheligen Kopf durch die Hintertür. „Ciao, Gina.“

„Ciao, Adam!“, rief Gina, „Ich habe dein Mittagessen dabei.“

„Etwa schon wieder was *Gesundes*?“

Mit gerümpfter Nase beäugte Adam die Schachtel, die Gina ihm hinhielt.

Valerie und Gina sahen sich an und lachten. Adam hätte am liebsten schon zum Frühstück Pizza gegessen. Doch vor Kurzem hatte Valerie bestimmt, dass er wenigstens einmal am Tag etwas Gesünderes brauchte – schon um Paul ein gutes Beispiel zu geben. Und so brachte Gina jetzt öfter Nudeln mit Gemüsesoße, überbackene Zucchini oder Salat.

Paul grinste mitfühlend. Auf Salat konnte er auch gut verzichten.

„Spinatlasagne", verkündete Gina, „mit besten Grüßen von Papa. *Bon appetito.*" Ginas Papa Lorenzo war der Besitzer des *Ristorante Subito.*

„Mau!" Unbemerkt war auch Pendler hereingekommen. Genau wie Adam liebte der Kater Pizza über alles – ganz besonders, seit Roki eine Spezialpizza für Katzen erfunden hatte: Pizza Mieze, mit Thunfisch und extra viel Käse. An der Spinatlasagne schnüffelte Pendler nur kurz und drehte sofort angewidert ab.

„Wenigstens einer, der mich versteht", seufzte Adam.

„Mau, mau!", meckerte der Kater. Entschlossen trottete er zum Kassentresen hinüber, wo Valeries berühmter Zitronenkuchen stand. Den mochte er fast so gerne wie Pizza. Gerade wollte er zum Sprung ansetzen, da …

„Mini-Löwe Pendler, aha!" Roki war aufgewacht.

Pendler erstarrte. Mit gesträubtem Nackenfell beobachtete er, wie der kleine Roboter sich streckte.

„*Piijub*!" Freundlich ließ Roki seine verschiedenfarbigen Augen aufblinken, eins grün, das andere blau. Doch das kam bei Pendler überhaupt nicht gut an – fauchend verzog der Kater sich zwischen die Regale.

„Er erinnert sich an letzte Nacht", vermutete Adam. „Armer

Pendler! Erst verbieten sie uns die Pizza und dann hat Roki ihn mit seiner Lichtershow fast zu Tode erschreckt."

Nachdenklich schaute der Wissenschaftler den Kater an. „Allmählich frage ich mich, wie lange er es noch bei uns aushält."

Pendler in der Patsche

Pendler war auf dem Weg in Adams Werkstatt. Paul hatte Roki mit nach oben in sein Zimmer genommen, um Hausaufgaben zu machen. Der Kater wollte inzwischen nachsehen, ob es bei Adam nicht doch noch etwas Genießbares zu essen gab. Schließlich hatten sie beide einen ganz ähnlichen Geschmack: am liebsten immer Pizza.

Zielstrebig steuerte der Kater auf die hochmoderne Katzenklappe zu, die Adam neulich erst für ihn gebaut hatte. An der Wand neben der Klappe war ein kleines Display angebracht. Darüber leuchtete ein grünes Pfotensymbol. Adam hatte Pendler viele Male zeigen müssen, was er tun musste, um die Klappe zu öffnen. Nun hob der Kater geübt die Pfote und presste sie auf das Display. Das grüne Licht blinkte, gleich würde die Klappe sich öffnen – doch diesmal zur falschen Seite! Mit Schwung flog die kleine Tür nach außen auf und versetzte Pendler einen Kinnhaken.

„Chhhhhhhch!", fauchte er erschrocken. Vorsichtig probierte er es erneut … und jetzt funktionierte es. Na bitte! Stolz schritt Pendler durch die Öffnung. Doch kaum war er halb in der Werkstatt, da schwang die Klappe auch schon wieder zurück – viel zu früh!

„Miauuu“, beschwerte sich der Kater. Sein Schwanz steckte fest!

„Ach, du liebe Güte“, sagte Adam, „was ist denn mit der Klappe los? Die hab ich doch perfekt für dich eingestellt.“ Der Wissenschaftler hatte es sich an seinem langen Arbeitstisch zwischen unzähligen Computern, Kabeln und Monito-

ren gemütlich gemacht. Schnell stellte er sein Mittagessen zur Seite und half Pendler aus der Patsche. Dann untersuchte er die kleine Schalttafel neben der Tür. Beinahe sofort entdeckte er einen verräterischen Kratzer. Es sah aus, als hätte sich jemand mit einem feinen Schraubenzieher daran zu schaffen gemacht. Und Adam hatte auch schon eine Ahnung, wer das gewesen sein könnte.

„Roki muss deine Klappe umprogrammiert haben", erklärte er dem Kater. „War bestimmt nicht böse gemeint. Er langweilt sich eben, wenn Paul nicht da ist."

Versöhnlich stellte Adam den Rest der Spinatlasagne vor Pendler hin.

„Schmeckt gar nicht so schlecht, finde ich."

Doch Pendler warf nur einen kurzen Blick in die Schale, dann hatte er genug gesehen: Schon wieder Nudeln! Diese klebrigen Bindfäden waren ganz klar nicht sein Fall. Beleidigt stolzierte Pendler zurück zur Katzenklappe – und bekam tatsächlich schon wieder einen Kinnhaken!

Als Paul kurz darauf mit Roki die Treppe hinunterkam, schaute der Wissenschaftler finster aus seinen schluffigen Klamotten. Irgendwas war gewaltig schiefgelaufen, das erkannte Paul sofort.

„Sind … sind wir zu spät?", fragte er unsicher. Mindestens

zwei Stunden hatte er mit Roki Hausaufgaben gemacht. Heute hatte es besonders lange gedauert, weil der kleine Roboter wieder einmal alles über die Schule wissen wollte: was genau man da lernen konnte, und vor allem, wieso Paul jeden Tag aufs Neue dorthin musste. Der kleine Roboter konnte nicht verstehen, warum die Lehrer den Kindern nicht einfach alles auf einmal beibrachten. Dann könnten sie doch am nächsten Tag etwas anderes unternehmen!

Paul hatte große Mühe gehabt, zu erklären, dass menschliche Kinder nun mal keine Superspeicher im Kopf hatten.

Nun schaute er schuldbewusst zu Adam auf. „Ist alles in Ordnung?"

„Alles okay, Paul", beruhigte Adam ihn. „Nur für Pendler nicht, fürchte ich. Der arme Kerl hat die Flucht ergriffen." Streng sah er auf seinen kleinen Roboter hinunter. „Was hast du dir dabei gedacht, Pendler so reinzulegen?", fragte er. „Der dumme Kater hat doch keine Chance gegen dich – und dann treibst du ihn auch noch mit seiner eigenen Klappe aus dem Haus." Der Wissenschaftler seufzte. „Dabei hatte ich mich gerade an ihn gewöhnt."

„Uups", sagte Roki. Das hatte er von Paul aufgeschnappt. „Fehler? Aha!"

„Riesenfehler, ganz genau", nickte Adam. Aber er konnte Roki kaum lange böse sein. Ein Roboter hatte schließlich kein

Gewissen. Er konnte nur tun, was man ihm einprogrammiert hatte. *Oder?*

„Ach, Schwamm drüber", sagte Adam schließlich. „Aber du musst dich unbedingt bei Pendler entschuldigen, Roki. Vielleicht überlegt er es sich dann noch mal."

„*Pijuuib*", machte Roki fragend, „entschuldigen?" Das Wort kannte er noch nicht.

„Man entschuldigt sich, wenn man etwas falsch gemacht hat", erklärte Paul seinem Freund. „Das ist höflich, verstehst du? So wie *Bitte* und *Danke* sagen."

„Aha." Roki nickte. „Fehlerbehebungsprogramm. Bot."

Elektromüll

Am nächsten Morgen wurde Paul von einem ohrenbetäubenden Krach auf der Straße geweckt. Er rappelte sich auf und blickte verwirrt im Zimmer umher – dann verstand er, woher das Gepolter kam: na klar, die Müllabfuhr!

Die bekam er sonst nie mit, weil er um diese Zeit schon auf dem Weg in die Schule war. Nur heute musste er ausnahmsweise erst zur zweiten Stunde los. Da waren die Müllmänner wirklich ein prima Wecker.

Schnell zog er sich an. Er schnappte seinen Schulrucksack und lief zum Frühstück zu Valerie in den Kiosk hinunter. Dort standen schon ein Becher Kakao und ein Marmeladenbrötchen für ihn bereit. Und das Beste: Adam und Roki waren auch da! Das war ein Morgen ganz nach Pauls Geschmack.

„Ist Pendler wieder aufgetaucht?“, mampfte er zwischen zwei Bissen.

„Leider nein“, seufzte Adam. „Roki hat ihn anscheinend gründlich vergrault.“

„Fehlerbehebung bei nächster Gelegenheit", sagte Roki von seinem Platz im Schaufenster aus. „Entschuldigung, aha!"

„Da wirst du nicht lange warten müssen", lachte Valerie. „Ich wette, der verfressene Kater ist in null Komma nix wieder da. Ohne meinen Zitronenkuchen hält er es nicht lange aus."

„Vielleicht wartet er auch bloß, bis es hier nicht mehr so müffelt?", vermutete Paul und deutete mit dem Kinn zum Fenster.

Gerade hatte das Müllauto direkt vor der Tür angehalten. Zwei Männer in orangefarbenen Overalls rollten pfeifend die vollen Tonnen aus dem Hausflur auf die Straße. Es roch wirklich nicht besonders gut – und der Geruch wurde noch schlimmer, als kurz darauf die Kiosktür aufflog. Mit schweren Schritten polterten die Müllfahrer in den Kiosk.

„Schönen guten Morgen, die Herrschaften!"

Schnell zog Paul seine Baseballmütze ab und setzte sie Roki auf den eiförmigen weißen Kopf. Eine Sekunde später hatte Valerie ihm unauffällig ihre Strickjacke übergehängt. Sie alle waren so daran gewöhnt, den kleinen Roboter zu tarnen, dass es schon ganz automatisch passierte.

Und tatsächlich: Die Müllmänner fanden Adam viel interessanter als Roki. Es hatte sich längst herumgesprochen, dass in Valeries Lager ein seltsamer Wissenschaftler wohnte.

„Na, schau mal einer an, der Herr Batomil", feixte der eine. „Haben Sie heute schon was Spannendes erfunden?"

„Ah, die Herren von der *Müffabfuhr*“, gab Adam zurück. „Vielleicht sollte ich mal Müll erfinden, der nicht stinkt.“

„Hahaha, der war gut!“, lachte der andere Mann gutmütig. „Kriegen wir denn heute auch unsern Kaffee?“

„Zweimal Kaffee und Zitronenkuchen, kommt sofort“, grinste Valerie.

„Macht neun Euro und sechzig. Bitte danke, aha!“ Roki rutschte von seinem Platz und hielt dem Mann seine weiße Roboterhand hin.

„Momentchen mal!“, staunte der Müllmann, „eine sprechende Puppe? Ist die elektrisch oder wie?“

„Genau!“, rief Paul schnell, „bloß eine langweilige Puppe.“ Schuldbewusst sah er zu Roki. Hoffentlich verstand sein Freund, dass Paul den Mann nur ablenken wollte. Aber Roki hatte das natürlich längst kapiert. Mucksmäuschenstill starrte er reglos in die Luft.

„Für die Müllabfuhr ist der Kaffee kostenlos“, sagte Valerie freundlich. „Wie jede Woche – Ehrensache.“

„So ist es recht“, freute sich der Müllmann. „Für uns fängt der Tag nämlich früh an.“

„Genau“, sagte sein Kollege und zeigte auf Paul. „Müsstest du nicht auch längst in der Schule sein, Kleiner?“ Geräuschvoll schlürfte er von seinem Kaffee.

„Heute erst zur Zweiten“, meinte Paul zufrieden.

„Na, dann kannst du doch gleich bei uns mitfahren." Der andere Müllmann lachte vergnügt. Eine Menge Kuchenkrümel flogen dabei durch die Luft und Valerie zog eine Grimasse.

„Zu meiner Schule fahren Sie auch?" Darüber hatte Paul noch nie nachgedacht. Aber klar, die Schule war ja nur ein paar Straßenecken entfernt.

„Na, logisch!", nickte der Müllmann. „Gleich, wenn wir hier fertig sind. Also, wie ist es: Kommst du mit?"

Mit dem Müllwagen zur Schule? Im ersten Moment war das eine ziemlich coole Idee. Andererseits war da dieser fiese Müllgeruch ...

„Äh, lieber nicht." Paul schüttelte entschieden den Kopf.

„Na, wir müssen jetzt jedenfalls los", sagte der Müllmann, „sonst meckert der Hausmeister, weil wir zu spät sind. Auf geht's, Kollege – und bis nächste Woche dann, Valerie!"

Im Hinausgehen drehte er sich noch mal um und zeigte auf Roki:

„Übrigens, wenn die Puppe kaputtgeht, ist das Elektromüll. Der darf nicht in die Tonne, klaro?"

Dann fiel die Tür hinter den beiden zu.

„*Pijuuuuuuuiiiiib*?" Roki zupfte Adam am Ärmel. „Erkläre Elektromüll!"

„In elektronischen Geräten sind manchmal giftige Stoffe drin", wusste Valerie. „Oder ganz wertvolle Stoffe, die man wiederverwenden kann", nickte Adam. „Deshalb kommen kaputte Geräte nicht in die Tonne. Elektromüll wird extra eingesammelt. Verstanden, Roki?"

„Verstanden – aha!", sagte Roki."

„Aber wenn Roki mal kaputtgeht ..." Paul schluckte. Er mochte nicht mal daran denken! „Wird er dann etwa auch … eingesammelt?"

Die Vorstellung war für ihn schrecklich.

„Dann bekommt er ein Ersatzteil und ist sofort wieder fit", lächelte Adam. „Keine Sorge, Roki ist unkaputtbar."

„Logisch", bestätigte der kleine Roboter. „*Pijuub*."

Da war Paul beruhigt. Aber irgendwie hatte er den Eindruck, dass das Thema Elektromüll für Roki noch nicht erledigt war. Er konnte ja nicht wissen, wie recht er damit hatte!

Pijuub, Müffabfuhr!

Eine Woche später frühstückten Adam und Roki am Morgen in der Werkstatt. Paul war schon längst in der Schule. Der Wissenschaftler wartete auf seinen Toast, in Rokis Seite steckte bereits ein Stromkabel, um seinen Akku aufzuladen. Im Regal, zwischen unzähligen Monitoren, fauchte und spotzte eine altersschwache Kaffeemaschine. Auf dem Arbeitstisch lagen neben dem Frühstücksgeschirr auch Schraubenschlüssel und andere Werkzeuge.

Adam streckte sich, dann gähnte er ausgiebig. Eine Sekunde später gähnte auch Roki – Er machte zurzeit fast alles nach, was er beobachtete.

„Lass den Unsinn“, sagte Adam, „Roboter gähnen doch nicht.“

„*Pijuub*“, machte Roki. „Roboter frühstücken auch nicht. Roki hat trotzdem großen Hunger. Hehehehe.“

„Hast ja recht.“ Grinsend stöpselte Adam Rokis Kabel in die Steckdose. „Aber schön langsam essen“, mahnte er, „sonst fliegt wieder die Sicherung raus, und ich krieg keinen Kaffee!“

„Zu spät – Fehler!", sagte Roki. „Kein Kaffee, ups!"

Tatsächlich: Schon ging in der Werkstatt das Licht aus. Die Kaffeemaschine gab ein letztes Röcheln von sich, dann nichts mehr. Zwei halb gare Brotscheiben flogen aus dem Toaster und landeten auf dem Boden.

Gleich darauf ertönte ein seltsam surrendes Geräusch.

„*Pijuuib*?" Roki leuchtete mit seinen Scheinwerfer-Augen in der dunklen Werkstatt umher. Schnell hatte er entdeckt, woher das Geräusch kam: „Aha, logisch. Hoover-Robot saugt mit Akku." Zufrieden sah Roki zu, wie Adams Staubsaugroboter den verunglückten Toast in Angriff nahm.

„Oh, nein“, rief der Wissenschaftler, „stopp! Daran verschluckt er sich!“

Und so war es. Kaum war die erste Scheibe Brot unter dem surrenden Gerät verschwunden, gab der Sauger ein ulkiges Husten von sich – und verstummte. Ein rotes Lämpchen blinkerte dreimal hektisch auf, dann rührte sich nichts mehr.

„Alles im Eimer“, klagte Adam. „Das war ganze Arbeit, Roki. Vielen Dank auch!“

„Bitte danke“, sagte Roki. „Entschuldigung. Das ist höflich, aha!“

Adam stöhnte. Seit der Sache mit Pendler war der kleine Roboter ganz versessen darauf, höflich zu sein. Leider brachte er da immer noch einiges durcheinander.

„Mach einfach ausnahmsweise mal, was ich dir sage“, murmelte Adam. Doch Roki hatte schon wieder etwas Neues im Sinn: Im Schein seiner leuchtenden Augen war er in die Ecke neben der Tür gelaufen. Dort stapelte Adam die vielen Pizzakartons, Nudel- und Salatschalen, die Gina zweimal am Tag aus dem Ristorante brachte. Manche hatte der Wissenschaftler nicht ganz leer gegessen, vor allem die mit Salat.

„*Pijuuib*, Müffabfuhr. Bitte entsorgen!“ Roki hob den ganzen wackeligen Turm auf einmal in die Höhe. „Stadtreinigung, aha!“

„Entsorgen?“, wunderte sich Adam.

Im selben Moment polterten draußen die Müllmänner mit

den vollen Tonnen durch den Hausflur. Mit seinen feinen Roboterohren hatte Roki sie natürlich wieder als Erster gehört.

„Ach so. Gute Idee, Roki." Adam nahm ihm die Schachteln ab, bevor es noch ein schmutziges Unglück gab. „Bin gleich wieder da! Bei der Gelegenheit kann ich auch den Strom wieder einschalten."

Mit einem Fuß zog er die Türe hinter sich zu und tippte einem der Männer im orangen Overall auf die Schulter. „Passt das noch in die Tonne?", fragte er.

Die Müllmänner warfen einen Blick auf den riesigen Schachtelturm und lachten.

„Aber hallo, Meister!"

„Nudelfan, was?"

„Ja. Äh – nein. Eigentlich nicht – äh – also danke", stammelte Adam. Ohne seinen Kaffee war er morgens einfach noch nicht richtig wach. Dann hörte er aus dem Kiosk Valeries Stimme und lächelte glücklich. Ein ordentlicher Espresso aus ihrer tollen Profimaschine war genau das, was er jetzt brauchte! Roki konnte ja so lange in der Werkstatt warten.

Doch genau das tat der kleine Roboter natürlich nicht.

Einmal Stinktransport für zwei

Als die Müllmänner kurz darauf die letzte Tonne geleert hatten, entdeckten sie am Straßenrand plötzlich eine kleine weiße Gestalt mit einer roten Baseballmütze. Gleich daneben stand ein komisches rundes Gerät auf dem Gehweg.

„Guck mal da“, staunten die Müllmänner. „Was is'n das“?

„*Pijuuib*, Elektromüll! Bitte extra einsammeln!“, sagte Roki.

Verdutzt sahen die Männer sich an.

„Die Puppe will sich selbst entsorgen“, vermutete der Erste.

„Und ein Ufo hat sie auch mitgebracht.“ Sein Kollege beugte sich zu Roki hinunter und tippte ihn vorsichtig an. Roki hielt vollkommen still.

Der Mann schüttelte ihn ein wenig, aber der kleine Roboter hatte sich ganz steif gemacht und gab keinen Ton mehr von sich.

„Komische Sache“, brummte der erste Müllmann. Er hob den Staubsauger hoch, drückte ein paar Knöpfe und schüttelte ihn ebenfalls ein paar Mal. Nichts.

„Scheint wirklich kaputt zu sein“, sagte er.

„Dann ist es Elektromüll“, bestimmte sein Kollege fachmännisch. „Da ist unsereiner eigentlich nicht zuständig. Aber man tut ja, was man kann.“

Kurzerhand hob er Roki auf das Trittbrett und stellte sich selbst dahinter.

Der andere Mann schnappte sich den Staubsaugroboter. Dann pfiff er kurz und gab dem Fahrer ein Zeichen: Weiter geht's!

Roki blieb mucksmäuschenstill, wie eine echte Puppe. Die Augen hatte er halb geschlossen, damit niemand sah, wie sie flimmerten. Das passierte manchmal, wenn sein Computergehirn auf Hochtouren lief. Und gerade jetzt hatte es eine Menge zu tun, denn Roki hatte einen Plan.

Genau genommen hatte er diesen Plan schon seit einer Woche – seit die Müllmänner im Kiosk erzählt hatten, dass sie auch zu Pauls Schule fuhren. Genau da würde Roki sich nämlich jetzt hinbringen lassen. Mit dem Müfftransport! Das war logisch. Dass der Staubsauger kaputtgegangen war, hatte der kleine Roboter natürlich nicht vorausgeplant, aber aha! Es war sehr nützlich. Echter Elektromüll! Die Männer hatten kaum Fragen gestellt. Alles lief bestens. Perfetto, wie Gina immer sagte. Jetzt musste er nur noch warten, bis das Müllauto bei der Schule war. Lange konnte es nicht mehr dauern. Die Männer hatten ja letzte Woche gesagt, dass sie gleich dorthin fahren würden, wenn sie mit der Stargarder Straße fertig waren.

Das hatte Roki sich alles ganz genau gemerkt. Nur eins hatte er leider nicht bedacht: Durch den Kurzschluss beim Frühstück hatte sich sein Akku nicht richtig aufgeladen!

„Hicks!", machte der kleine Roboter plötzlich. „Hi-hi … *pijub* – hicks!"

Elektronischer Schluckauf war ein sicheres Zeichen dafür, dass Roki dringend Strom brauchte. Zum Glück war es auf der Straße so laut, dass die Müllmänner das Hicksen nicht hören konnten. Außerdem hatte Rokis Stimme schon fast keine Kraft mehr. Wenn er nicht bald eine Steckdose fand …

„Hi-hi … hicks“, machte er noch einmal sehr leise. „Hi-hi *pi-juuuuuuuuuib*?“

Dann wurde ihm schwarz vor Augen.

Wenig später fuhren die Müllmänner bei der Regenbogenschule vor. Der Hausmeister erwartete sie an der Einfahrt, um das Tor aufzuschließen.

„Bisschen spät mal wieder“, brummelte er.

„Ist nicht meine Schuld, Palko“, sagte der Fahrer. Er wies mit dem Daumen auf seine Kollegen hinten. „Die beiden mussten unbedingt noch Elektromüll einsammeln.“

„Elektromüll? Was denn?“ Palko, so hieß der Hausmeister, horchte neugierig auf. Er war nämlich ein großer Tüftler. Und kaputte Elektrogeräte waren sein allerliebstes Hobby. Manchmal bekam er sie sogar wieder zum Laufen.

„He, Palko“, rief da auch schon der Müllmann, der den Staubsauger mitgenommen hatte. „Geschenke für dich!“

Und so landete Roki endlich in der Schule. Doch weder Paul noch der kleine Roboter selbst bekamen etwas davon mit.

Von wegen Elektromüll!

Hausmeister Palko war ein freundlicher Mann. In seiner Kitteltasche hatte er stets Pflaster und ein paar Trostbonbons parat, falls ein Kind sich auf dem Schulhof das Knie aufschlug. Palko konnte Fahrradreifen flicken und gerissene Schuhbänder wieder zusammenknoten. Er kümmerte sich liebevoll um den Schulgarten und um die Blumen im Lehrerzimmer. Und einmal hatte er einen ganzen Winter lang einen kleinen Igel im Heizungskeller schlafen lassen. Mit seinem struppigen Schnurrbart und den großen abstehenden Ohren sah der Hausmeister aus wie ein Kobold. Die Kinder der Regenbogenschule machten sich gerne ein bisschen über ihn lustig, aber im Grunde mochten sie ihn alle sehr.

Der kleine Raum, den Palko sein „Kabuff" nannte, war vollgestopft bis unter die Decke: Werkzeug, Putzmittel und allerlei Krimskrams lagen in Regalen herum. In einem Schrank an der hinteren Wand war das Fundbüro der Schule untergebracht. Neben der Tür hing eine elektronische Schalttafel mit vielen Knöpfen. Damit wurde die Heizung gesteuert, aber auch das

Licht in den Fluren. Und natürlich der Pausengong. In der Mitte des Raums war gerade noch Platz für einen alten Schreibtisch und zwei Stühle. Auf dem Tisch hatte der Hausmeister Adams kaputten Staubsauger abgelegt. Jetzt setzte er Roki auf einen der Stühle und betrachtete den kleinen Roboter nachdenklich.

„Na, was mache ich nun mit dir?", überlegte Palko laut. Neugierig ging er einmal um Roki herum. Er klopfte behutsam auf das Display in Rokis Bauch. Dann nahm er dem Roboter die Mütze ab und leuchtete ihm mit einer kleinen Taschenlampe in die Augen. Er bewegte probehalber Rokis Beine und die Arme. Keine Reaktion. Doch dann …

„Sieh mal einer an!" Der Hausmeister pfiff durch die Zähne. Er hatte die kleine Steckdose an Rokis Seite entdeckt.

„Von wegen Elektromüll", lächelte er. „Ist dir am Ende vielleicht bloß der Saft ausgegangen, Kleiner?"

Palko suchte in einem der Regale herum, bis er

ein passendes Kabel gefunden hatte. Sorgfältig stöpselte er es ein und tätschelte dabei Rokis Kopf.

„Wechselstrom 230 Volt“, sagte er zufrieden. „Wollen doch mal sehen, ob dich das nicht ruckzuck wieder auf die Beine bringt.“

Dann holte er einen Satz Schraubenzieher aus seiner Werkzeugkiste und setzte sich auf den zweiten Stuhl. Er zog eine Lesebrille hervor und beugte sich über den Staubsaugroboter.

„Und jetzt zu dir, Schätzchen“, murmelte er liebevoll.

Ein Gong flippt aus

„So. Ruhe bitte!“ Gerade hatte es zur zweiten Stunde geläutet.

Frau Glück stand vor der Klasse 3c und klatschte energisch in die Hände. „Rechenhefte raus, wir üben schriftliches Addieren.“

Paul zog das Heft aus dem Rucksack und kramte in seinem Mäppchen nach dem blauen Lieblingsstift. Rechnen hatte er immer schon gerne gemocht. Und seit Roki ihm bei den Hausaufgaben half, war er darin sogar noch besser geworden.

Doch einige von den anderen stöhnten laut:

„Manno!“ – „Och nööö!“ – „Kapier ich nie!“

Die bräuchten auch mal einen Roboter zu Hause, dachte Paul zufrieden. *Der könnte ihnen Nachhilfe geben.*

Neugierig schaute er zur Tafel, wo Frau Glück schon die Aufgaben anschrieb.

Gerade wollte er die erste in sein Heft übertragen, da …

DONG! DONG! DONG! – läutete schon wieder der Gong!

Hallo? Die Stunde hatte doch erst vor wenigen Minuten begonnen! Da konnte was nicht stimmen.

Trotzdem sprangen einige Kinder sofort von ihren Stühlen.

„Pause, Pause!“, jubelten sie. „Rechnen fällt aus!“

„Halt! Bitte sitzen bleiben“, mahnte Frau Glück, „das ist doch Unsinn.“

DONG! DONGDONG! DONGDONGDONGDONG-DONG! DONGDONG!, legte der Gong wieder los. Diese Melodie hatten die Kinder allerdings noch nie gehört. Das klang ja fast wie ein Lied!

„Herr Palko macht Party!“, rief Pauls Freund Leo begeistert.

„Quatsch.“ Paul grinste. Der Hausmeister hatte manchmal lustige Ideen – aber das konnte er sich dann doch nicht vorstellen.

DONGDONG! DONG! DONG! DOOOOOOOOONG!

Kein Zweifel, die Anlage war außer Rand und Band.

„Ist die Stunde jetzt vorbei oder nicht?“, drängelten ein paar besonders Mutige. „Dürfen wir raus?“

„Natürlich nicht!“ Frau Glück runzelte die Stirn. Misstrauisch beäugte sie den Lautsprecher an der Decke und lauschte. Doch alles blieb still. Der Spuk schien vorbei.

„Herr Palko hat heute wohl eine Monsterpackung Scherzkekse gefrühstückt“, grinste die Lehrerin erleichtert. „Na, dann kann's ja jetzt weitergehen.“

Aber von wegen!

Urplötzlich feuerte der Lautsprecher ein lautes *DONG-DONGDONGDONGDONG! DONGDONGDONGDONG!!* durch die Klasse.

Quietschend brach die Kreide ab, mit der Frau Glück gerade wieder angefangen hatte zu schreiben.

„Jetzt reicht's aber!“, stöhnte sie und lief zur Tür. „Ich guck mal nach, was da los ist.“

„Wir kommen mit!“, schrien alle.

„Das fehlte gerade noch!“, protestierte Frau Glück. „Ihr bleibt hier und rührt euch nicht. Ich bin sofort zurück!“ Und weg war sie.

Rabatz im Kabuff

Auf den Fluren der Regenbogenschule herrschte ein heilloses Durcheinander. Schließlich hatte nicht nur Pauls Klasse den wild gewordenen Gong gehört. Auch die anderen Lehrer hatten sich auf die Suche nach Hausmeister Palko gemacht. Und die Kinder wollten den Spaß natürlich unbedingt mitbekommen! Keiner saß mehr auf seinem Platz. Tuschelnd und kichernd schlichen die Klassen hinter ihren Lehrern her. Für gewöhnlich hätte irgendein Erwachsener sie längst zurückgepfiffen. Aber heute kümmerte sich niemand darum. Es versprach ein ganz und gar ungewöhnlicher Morgen zu werden.

Vor dem Hausmeisterkabuff entdeckte Paul Frau Glück und ein paar andere Lehrer. Aufgeregt sprachen sie mit dem Schulleiter, Herrn Struwelniak-Kapellowski. Weil das so ein schwieriger Name war, nannten die Kinder ihn bloß „Struwwel“. Obwohl es auf seinem Kopf eigentlich nichts zu struwweln gab, denn der Schulleiter hatte eine Glatze, kein einziges Haar wuchs mehr dort.

Gerade untersuchte Struwwel die elektronische Schalttafel in

Palkos Kabuff. Ratlos drehte er an den Knöpfen, mit denen der Schulgong geregelt wurde.

„Was hat diesen Rabatz bloß ausgelöst?“, wunderte er sich. „Hat irgendjemand den Hausmeister gesehen?“ Die anderen Lehrer schüttelten die Köpfe. In ihrem Rücken drängten die Kinder näher heran. Auch Paul versuchte, einen neugierigen Blick in den kleinen Raum zu werfen. Doch der verrückte Gong war inzwischen verstummt. Und auch sonst war dort nichts Außergewöhnliches zu sehen. Bis auf – *ach du Schreck!*

Paul riss plötzlich die Augen auf. Sein Herz klopfte heftig. Auf dem Tisch, neben Herrn Palkos Kaffeemaschine, lag ein rotes Basecap.

Paul kannte es nur zu gut: Es war sein eigenes!

In diesem Moment meldete sich die Sprechanlage:

„*Pijub*! Roki ist in der Schule, aha! Minibot braucht Informationen, bitte danke. Hehehehe!“

Dann überschlugen sich die Ereignisse.

„Die Müllmänner sind schuld!“ Mit wehendem Kittel kam Herr Palko angerannt. „Sie haben mir diese kaputte Puppe mitgebracht“, rief er aufgeregt. „Aber es ist ein Roboter! Verstehen Sie?“

„Ein ... ein Roboter?“ Herr Struwelniak-Kapellowski verstand gar nichts.

„Roboter, genau“, nickte Palko. „Ich habe ein Stromkabel an-

geschlossen. Als er aufwachte, hat er gegähnt! Und dann hat er sich selbstständig gemacht."

„Der Roboter hat ... gegähnt?", fragte Struwwel völlig verwirrt. „Und dann?"

„Dann musste ich pullern!"

„Wie bitte?" Der Schulleiter zog die Augenbrauen hoch und die Schüler kicherten.

„Ach, na ja, für kleine Hausmeister, wollte ich sagen. Zur Toilette! In der Zwischenzeit hat das elektrische Kerlchen wohl den Gong verhext. Und jetzt benutzt er die Sprechanlage im Sekretariat."

Tatsächlich tauchte nun auch noch die Schulsekretärin auf.

„Da ist ein lebendiger … ein sprechender … ein Roboter in meinem Büro!", stammelte sie aufgelöst. „Er will seinen Freund Paul sprechen. Und lachen kann er auch."

„*Pijuuub*. Pauls Schulregenbogen – uups! Fehler, Entschuldigung."

Das war wieder die Sprechanlage. „Pauls Regenbogenschule, aha. 346 Schüler plus Paul. Roki sucht Paul, *pijub*. Logisch. Paul ist Rokis Freund, hehehehe."

„Sehen Sie, er macht es schon wieder." Die Sekretärin fasste sich an die Stirn, als wollte sie gleich in Ohnmacht fallen.

Paul hatte das alles atemlos und verwirrt mit angehört. Roki war in der Schule! Aber wie konnte das sein? Zu allem Überfluss starrten ihn jetzt auch noch alle an.

„Was hat das zu bedeuten, Paul?"

„Ist das dein Roboter?"

„Elektronisches Spielzeug ist in der Schule aber nicht erlaubt!"

Frau Glück, Struwwel und die Sekretärin redeten gleichzeitig auf ihn ein. Nur Herr Palko tat das einzig Vernünftige: Er legte

Paul eine Hand auf die Schulter und führte ihn sanft, aber bestimmt Richtung Sekretariat, wo Roki war.

Seltsamerweise wurden sie von einem flachen runden Elektrogerät begleitet. Es folgte dem Hausmeister wie ein Hund und sah Adams Staubsaugroboter verblüffend ähnlich.

Ein aufregendes Telefonat

„*Pijub.* Hier spricht Rrrroki. Bitte benachrichtigen Sie – aha! Hallo, Paul!“

Der kleine Roboter hatte sich gerade wieder über das Mikrofon der Sprechanlage gebeugt, als Paul mit dem Hausmeister das Büro betrat. Hinter ihnen drängelten sich Struwwel, Frau Glück und die gesamte Regenbogengrundschule.

„Durchsage erfolgreich – Ende“, sagte Roki zufrieden. Fachmännisch bediente er einen Hebel, und mit einem sanften *PFFFFT!* fuhr die Sitzfläche des Schreibtischstuhls nach unten. Dann kam er hinter dem Tisch hervor.

„Entschuldigung. Guten Tag, bitte danke.“ Er streckte dem verdatterten Schulleiter die Hand zur Begrüßung hin. „Das ist höflich, *pijub.*“

Die Kinder im Flur tuschelten und kicherten neugierig.

„Was – äh, ich meine – wer ist das?“, stotterte Struwwel. Verunsichert schaute er zu Paul hinüber.

„Roki ist ein Minibot“, erklärte Paul. „Unser Nachbar Adam Batomil hat ihn gebaut. Er ist Wissenschaftler.“

„Papa Adam Batomil, aha“, sagte Roki. Auf seinem Display erschien eine Adresse:

Adam Batomil
Telefon 0049-152-46749172
Stargarder Straße 70 (hinten im Flur)
10437 Berlin – Germany
adam@roki-web.de

„Aha“, echote der Schulleiter. „Na, dann ist es wohl das Beste, wenn ich Herrn Batomil mal anrufe.“

Paul nickte erleichtert. Adam machte sich bestimmt schon große Sorgen. Und Paul selbst fühlte sich auch nicht richtig gut: So lange hatte er auf diesen Moment gewartet – den Tag, an dem Roki zum ersten Mal mit ihm in die Schule gehen würde! Paul hatte Roki alles zeigen wollen. Er hätte ihn seiner Klasse vorgestellt – und die anderen hätten sofort gesehen, dass der kleine Roboter sein bester Freund war. Schon beim Gedanken daran war Paul immer so stolz gewesen. Und jetzt hatte Roki das alles einfach ohne ihn gemacht. Auch wenn Paul immer noch nicht wusste, wie. Hoffentlich bekam er jetzt keinen Ärger!

Struwwel schickte alle Kinder und Lehrer zurück in ihre Klassen und ging in sein Büro, um zu telefonieren. Nur Paul und Roki blieben bei der Sekretärin zurück. Paul war froh, dass Herr Palko auch noch da war.

„Na? Ihr zwei seid wohl Freunde?“ Der nette Hausmeister tätschelte Rokis Kopf.

„Logisch. Aha“, sagte Roki. Und sofort fühlte Paul sich viel besser.

Als der Schulleiter einige Minuten später wieder aus seinem Büro kam, schien er über irgendetwas sehr froh zu sein.

„Also, euer Nachbar hat mir alles erklärt“, sagte er zu Paul. „Roki ist nämlich ein Roboter der allerneuesten Generation“, informierte Struwwel die Sekretärin stolz. „Selbstlernend! Und dieser Batomil ist ein internationaler Spitzenforscher.“ Damit drückte er Paul das Telefon in die Hand. „Er will dich übrigens sprechen, Paul.“

„Adam?“ Paul ging in den Flur, damit nicht alle zuhören konnten.

„Paul, wie gut, dass Roki in deiner Nähe ist! Heute Morgen war er mal wieder plötzlich weg, ich habe mir solche Sorgen gemacht!“

„Aber wie hat er …“ Aufgeregtes Gekläffe drang aus dem Telefon und unterbrach Paul mitten im Satz.

„Sprich lauter, Paul, ich stehe vor Viktors Hundesalon. Frau Kursawe macht wohl gerade einen Friseurtermin für ihre Möpse aus.“

Paul konnte sich die sechs dicken Hunde vor dem Laden vorstellen. Aber das war jetzt nicht so wichtig.

„Ich meine, wie hat Roki ...?" Wieder das Gekläffe.

„Lass uns das später klären", sagte Adam. „Man versteht ja sein eigenes Wort nicht. Nur ganz kurz: Ich habe mit dem Schulleiter vereinbart, dass Roki heute ausnahmsweise bei dir bleiben kann."

„Roki bleibt in der Schule, echt jetzt?" Pauls Herz machte einen Hüpfer vor Freude. Das klang ja, als würde alles doch noch so schön werden, wie er es sich gewünscht hatte!

„*Voll* echt jetzt." Man konnte hören, dass Adam lächelte. „Du musst mir nur versprechen, dass du Roki nicht aus den Augen lässt. Du weißt ja ..."

„Ja, ich weiß", sagte Paul schnell. „Professor Neklapil könnte ihn immer noch entführen. Aber ich passe auf wie ein Luchs“, versprach er. „Hier ist Roki in Sicherheit!“

„Super!“, rief Adam gegen das ohrenbetäubende Gebell im Hintergrund an. „Ich komme am Nachmittag zur Schule und hol euch ab. Bis später!“

Huwi

Herr Struwelniak-Kapellowski höchstpersönlich brachte Paul und Roki zurück in die Klasse. Und auch der Hausmeister Palko ließ es sich nicht nehmen, sie zu begleiten. Pfeifend ging er voran und öffnete ihnen sämtliche Türen mit einer kleinen Verbeugung. Dabei zwinkerte er jedes Mal fröhlich. Der Staubsaugroboter folgte ihm immer noch auf Schritt und Tritt. Tatsächlich hing er dem Hausmeister an den Füßen, als wäre er dort festgeklebt.

„Sagen Sie mal, Palko“, sagte der Schulleiter nach einer Weile, „was ist das eigentlich für ein seltsames Gerät, das Sie da mit sich rumschleppen?“

„Ein Saughund“, sagte der Hausmeister stolz. „Hört aufs Wort.“

Paul prustete.

„Ein – ein Saughund?“, fragte Struwwel ungläubig.

„Na ja, eigentlich ist es ein selbstfahrender Staubsauger“, erklärte Palko. „Aber seit ich ihn repariert habe, läuft er mir nach wie ein Hund. Und ich wollte doch immer schon einen Hund haben. Also dachte ich …“ Der Hausmeister guckte ein bisschen verlegen. „Ich nenne ihn Huwi“, fügte er schließlich hinzu. „Hoover-Robot 1.200, das ist doch kein Name für einen Hund.“

Moment mal! Hoover-Robot 1.200? Paul schaute sich den Staubsauger noch einmal ganz aus der Nähe an. Es war tatsächlich genau dasselbe Modell, das auch Adam hatte. Adam hatte es sogar erfunden! Das konnte kein Zufall sein.

„Äh, Herr Palko? Wo haben Sie Huwi eigentlich her?", traute er sich zu fragen.

„Von der Müllabfuhr", sagte der Hausmeister. „Die Jungs bringen mir manchmal Elektromüll mit. Kaputte Geräte sind mein Hobby", erklärte er schnell, denn der Schulleiter zog schon wieder die Augenbrauen hoch.

„Alles ganz legal", versicherte Palko. „Und so habe ich ja schließlich auch Roki gerettet. Nicht wahr?"

„Ja, allerdings", sagte Struwwel besänftigt.

„Bitte danke", sagte Roki. „Aha."

Paul ging langsam ein Licht auf.

„Du ... du hast dich absichtlich von den Müllmännern mitnehmen lassen – als Elektromüll?", fragte er seinen Freund. „Weil du mich in der Schule besuchen wolltest?"

„Bot", sagte Roki. „Logisch."

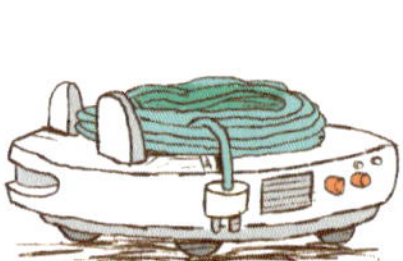

Rechenfehler mit Lakritz

„So, als Erstes muss Roki irgendwo sitzen", überlegte Frau Glück, als Roki und Paul wieder im richtigen Klassenzimmer angekommen waren. „Der Platz neben Jule ist frei – einverstanden?"

„Oh super, gerne!", rief Jule. Sie war erst vor Kurzem in die Regenbogenschule gekommen und hatte noch nicht so viele neue Freunde gefunden.

„Aber ich wollte … na gut", murmelte Paul enttäuscht. Er hatte natürlich gehofft, dass Roki neben ihm sitzen würde! Doch da saß ja schon sein Freund Leo.

„Jule – aha!", sagte Roki und ließ seine Augen blau und grün aufblitzen.

Als der kleine Roboter auf den Stuhl neben Jule kletterte, fühlte Paul einen eifersüchtigen kleinen Stich. Schon wieder etwas, das er sich ganz anders vorgestellt hatte.

„Jetzt mal Ruhe, bitte!", rief Frau Glück. „Ein Roboter in der Quasse ist kein Grund zum Klasseln … Quatsch – Quasseln!" Sie lachte.

„Also, Paul, dein Roki bringt mich ganz durcheinander. Am

besten, du kommst nach vorne und erzählst uns ein bisschen was über ihn."

Das hörte sich schon besser an! Stolz stand Paul auf und ging nach vorne. Roki winkte ihm fröhlich zu. Doch plötzlich fand Paul es irgendwie komisch, vor der ganzen Klasse über seinen Roboterfreund zu sprechen. Als wäre Roki bloß irgendein Spielzeug – dabei war er doch viel mehr!

„Roki kann sich selbst vorstellen", sagte Paul deshalb. „Stimmt's Roki?"

„*Pijuub*!", antwortete Roki. „Minibot Roki, guten Tag! Mein

Papa ist Adam Batomil. Und da ist mein Freund Paul. Wann kann ich mein *Rokipedia* auffüllen?"

„*Rokipedia*?", fragte Frau Glück. „Was ist denn das?"

„So nennen wir sein Computergehirn", erklärte Paul. „Da speichert er alles ab, was er lernt. Und er ist immer ganz wild darauf, es aufzufüllen", fügte er grinsend hinzu.

„Richtig – *pijub*!", sagte Roki. „Paul hilft beim Auffüllen. Und Roki hilft bei den Hausaufgaben. Bot!"

Ups! Das war Paul jetzt nicht so recht. Aber Frau Glück lächelte bloß.

„Wir wollten gerade ein paar Aufgaben lösen, als du uns – äh – unterbrochen hast“, sagte sie zu Roki. „Vielleicht kannst du bei denen auch helfen?“

Sie wies auf die Tafel. Da stand:

Rechne schriftlich:

346 + 134

364 + 631

563 + 249

„Logisch.“ Rokis Augen flimmerten kurz, wie immer, wenn er rechnete. „Ergebnis: 2287 – *pjiub*!“

„Entschuldigung, da hast du einen Fehler gemacht“, sagte Frau Glück. „346 plus 134 ist 480. Aber die Aufgabe war auch wirklich nicht leicht“, tröstete sie. „Deshalb rechnen wir das schriftlich aus, weißt du.“

„Kein Fehler!“, sagte Roki bestimmt. „480 plus 995 plus 812 ist 2287. Entschuldigung nicht nötig, aha.“

Der kleine Roboter hatte alle drei Aufgaben auf einmal gelöst und die Ergebnisse zusammengezählt!

Frau Glück rechnete nach: „Tatsächlich. Bravo, Roki.“ Sie lächelte wieder.

„Möchte jetzt jemand aus der Klasse Roki testen?“

„Ich!“ Philipp hatte als Erster sein Rechenbuch aufgeschlagen – ganz hinten, bei den richtig schwierigen Aufgaben. „Tom hat fünf Euro Taschengeld“, las er vor. „Auf dem Weg zum Laden verliert er die Hälfte. Wie viele Lakritzschnecken kann er sich kaufen, wenn eine Schnecke fünfzig Cent kostet?“

„*Pjiub*“, sagte Roki, „falsche Preise.“

Paul kicherte. „Bei uns im Späti kosten sie nur zehn Cent“, erklärte er schnell.

„Ach so“, sagte Frau Glück, „und was bekommt Tom, wenn die Schnecken zehn Cent kosten, Roki?“

„Bauchschmerzen“, sagte Roki. „Fünfundzwanzig Schnecken auf einmal sind nicht gesund – aha!“

Alle lachten. Nur Philipp guckte ein bisschen sauer. Normalerweise war er nämlich der Beste im Rechnen. Es hätte ihn wohl gefreut, wenn Roki seine Aufgabe nicht geschafft hätte.

Rokis Gong-Dong-Song

Nach dem Rechnen hatten sie Musikunterricht. Das mochten alle gerne, denn es wurde meistens viel gesungen. Bei Frau Glück durfte immer einer aus der Klasse das erste Lied bestimmen. Heute war Jule dran.

Ausgerechnet, dachte Paul. Er war immer noch ein bisschen eifersüchtig.

„Ich wünsche mir …“, Jule überlegte: „Rokis Lieblingslied!“

„Gute Idee“, lobte Frau Glück sofort. „Nett von dir, Jule.“

Das musste Paul zugeben. Außerdem freute er sich schon, was gleich kommen würde. Er hatte da nämlich so eine Ahnung: Roki würde wieder *Laterne rabumm* schmettern. Oder den Affentanz. Damit hatte der kleine Roboter vor einiger Zeit den halben Berliner Zoo zum Hüpfen gebracht. Es gab sogar Videos davon, auf Youtube!

Doch Roki hatte mal wieder seinen eigenen Kopf.

„*Pijuuuuuuuuub!*“ Er tippte auf seinem Bauchdisplay herum und …

DONG! DONG! DONG!, ertönte der Schulgong.

„Hä?" – „Was?" – „Hallo?" Die anderen Kinder staunten.

„Wie hat er das gemacht?", wollten sie wissen.

„Er hat den Gong aufgenommen", erklärte Paul stolz. „Mit seinem eingebauten Mikrofon." Er genoss es, genau Bescheid zu wissen. „Der Schulgong kommt direkt aus Rokis Lautsprecher."

Dong-dongdong-dongdong-dongdongdong!

„Ups", sagte Frau Glück, „so geht unser Originalgong aber nicht."

Das stimmte. Roki hatte ihn viel schneller abgespielt als normal – und sogar im Takt! Es klang tatsächlich, als spielte der Gong ein Lied.

Dong-dongdong-dongdong-dongdongdong!

Ein paar Kinder begannen, im Takt zu klatschen. Einige versuchten sogar, den Gong-Song mitzusingen: „Dong-dong-dong-dongdong-dongdongdong!", krähten sie alle durcheinander.

Roki tippte noch einmal auf sein Display, bis der Gong mit voller Lautsprecherkraft durchs Klassenzimmer dröhnte. Dann fuhr der kleine Roboter seine Teleskop-Arme ein Stück aus und gab für alle den Takt an. Sofort klappte es mit dem Singen besser. Auch Frau Glück klatschte und sang begeistert mit. Paul sowieso, seine Eifersucht war wie weggeblasen.

„Rokis Gong-Dong-Song!", rief Jule lachend. Und Paul lachte zurück.

WER DAS LIEST
IST DOO!
DONG DONG

Doch Roki war noch nicht fertig mit seinem Lied.

„Roki fährt im Müfftaxi“, begann er plötzlich selbst zu singen.

„Dong-dongdong-dongdong-dongdongdong!“, antwortete die Klasse im Chor. „Zur Schule mit Saughund Huwi!“

„Dong-dongdong-dongdong-dongdongdong!“

Die Kinder waren begeistert. Das wurde ja ein richtiger Hip-Hop-Song!

Wo hatte Roki das bloß her? Während Paul rätselte, fing der kleine Roboter plötzlich auch noch an zu tanzen: Die kurzen Metallbeine schwangen vor und zurück. Seine Arme wirbelten in der Luft. Dann ließ Roki sich plötzlich auf seinen Plastik-Po fallen und drehte sich wie ein Kreisel immer schneller und schneller um sich selbst.

Die Kinder standen im Kreis um ihn herum und sangen weiter den Gong-Dong-Chor – bis sie mit einem Mal begeistert aufschrien: Roki hatte sich mitten in der Luft gedreht und hüpfte nun im Handstand herum!

„Hehehe!“, lachte er zufrieden. „Bot!“

„Das ist doch nicht möglich“, staunte Frau Glück.

Doch Paul verstand: Nach der Sache im Zoo hatte Roki sich auf Adams Computer wieder und wieder seinen *Affentanz* im Internet angeschaut. Dabei musste er auch ein paar Hip-Hop-Videos erwischt haben – und die tanzte er jetzt nach!

Roki war inzwischen wieder auf die Füße gekommen und

startete ein großes Finale: Er ließ einen Teleskoparm ganz lang werden, bis er das Fenster erreicht hatte. Kurz darauf fuhren surrend die Rollläden herunter. Doch bevor es im Klassenraum komplett dunkel wurde, schaltete Roki seine Scheinwerferaugen ein und schickte bunte Lichtstrahlen in alle Richtungen – genau wie in der Nacht, als er geschlafwandelt war!

Bei der Lichtershow flippte die Klasse endgültig aus. Während der Gong-Dong-Rhythmus immer weiter dröhnte, hüpften die Kinder wild durcheinander oder kugelten auf dem Boden herum. Sogar Frau Glück versuchte einen Handstand!

Genau in diesem Moment öffnete sich die Tür.

„Härrchchmrrh", räusperte sich Herr Struwelniak-Kapellowski.

Mit einem Mal war es mucksmäuschenstill. Nur die Rollläden fuhren leise surrend wieder hoch.

„Ruhe!", rief der Schulleiter trotzdem, „Ruhe jetzt! Was ist denn das für ein Lärm, Frau Kollegin!"

„Wir singen Rokis Lieblingslied", erklärte Frau Glück lässig. Schnell brachte sie ihre Frisur wieder Ordnung. „Stimmt etwas nicht?"

„Was? Wie? Der Roboter – Lieblingslied?" Der Schulleiter dachte kurz nach. „Na gut, dann will ich nichts gesagt haben", brummte er. „Aber später habe ich noch eine Überraschung für euch, Kinder. Eine sehr wichtige Angelegenheit, ihr werdet es bald erfahren.“ Er sah Frau Glück bedeutungsvoll an. „Ich hoffe also, dass … ähem … alle sich vorbildlich benehmen.“

„Ganz bestimmt“, versicherte Frau Glück, „großes Roboter-Ehrenwort. Oder, Roki?“

Paul konnte sehen, dass sie sich das Lachen verkneifen musste. Doch Roki nickte ganz ernsthaft.

„Bot“, sagte er feierlich.

Ein Freund für Jule

Als es zur Pause klingelte, stürzten alle Kinder sofort auf Roki los. Jeder wollte ihn einmal anfassen oder mit ihm sprechen. Es wurde geschubst und gedrängelt, und Paul rechnete schon damit, dass gleich Rokis Notalarm losgehen würde. Doch stattdessen –

„Ruhe!", rief Herr Struwelniak-Kapellowski, „Ruhe jetzt!"

Seltsamerweise klang seine Stimme doppelt so laut wie vorhin.

Erschrocken sprangen die Kinder zurück auf ihre Plätze.

„Huch, Herr Struwelni… hä?" Frau Glück drehte sich überrascht zur Tür. Doch da war niemand.

„Das war Roki", prustete Paul, „er hat Struwwels Stimme aufgenommen!"

Das hätte er sich nach dem Gong-Dong-Song eigentlich auch denken können: Der kleine Roboter setzte sein Mikrofon immer geschickter ein.

„Bot", sagte Roki mit der Schulleiter-Stimme. „Ich hoffe, dass alle sich vorbildlich benehmen."

„Das hoffe ich aber auch." Frau Glück grinste. „Am besten,

Paul bleibt während der Pause mit Roki in der Klasse. Nicht, dass noch was passiert", bestimmte sie. „Jule, du kannst auch hierbleiben – Roki ist ja jetzt dein Tischnachbar. Alle anderen, ab nach draußen!"

„Das ist nicht fair!" – „Manno!" – „Ungerecht!", beschwerten sich die Kinder. Besonders Pauls Tischnachbar Leo schaute enttäuscht.

Doch Frau Glück blieb ausnahmsweise hart.

Als endlich alle gegangen waren, sahen Paul und Jule sich verlegen an. Paul hatte noch nie richtig mit ihr geredet, das fiel ihm jetzt auf.

„Das ... mhm, das war nett mit Rokis Lieblingslied", murmelte er schließlich.

„Roki ist nett", entgegnete Jule. „Ich wünschte, ich hätte auch so einen Freund."

„Och. Du findest bestimmt schnell welche", sagte Paul. Es war sicher nicht leicht für Jule, so ganz allein auf einer neuen Schule.

„*Pijuub*", mischte Roki sich ein. „Paul ist Rokis Freund." Er ließ seine Augen aufleuchten. „Roki ist jetzt auch Jules Freund. Also ist Jule auch Pauls Freund. Problem gelöst – logisch."

Prompt wurde Paul ein bisschen rot.

„Das kann man aber nicht einfach so bestimmen, Roki", sagte er.

„*Pijuuib*?“, machte der kleine Roboter verwirrt, „Warum nicht? Willst du uns nicht als Freund, Jule?“

„Ich, äh, also ... doch, ja“, stammelte Jule verlegen. „Natürlich.“ Sie sah vorsichtig zu Paul hinüber und jetzt wurden sie beide rot.

„Bot“, sagte Roki.

Dann überlegten sie zusammen, welche Überraschung der Schulleiter vorhin gemeint haben könnte. *Eine sehr wichtige Angelegenheit* – Was das wohl sein mochte?

Roki im Rampenlicht

„Achtung, eine Durchsage an alle." Kaum waren die Kinder nach der Pause wieder in ihren Klassen, dröhnte die Stimme des Schulleiters durch die Sprechanlage. „Wie die meisten bereits wissen, beherbergt unsere Schule heute einen ganz besonderen Gast – nämlich einen hochintelligenten Roboter der allerneuesten Generation!" Er räusperte sich wichtig. „Damit alle ihn kennenlernen können, treffen wir uns in fünf Minuten zu einer außerordentlichen Schulversammlung. Die Lehrer begeben sich bitte unverzüglich mit ihren Schülern in die Aula. Der nachfolgende Unterricht ..."

Was Struwwel zum Schluss noch sagen wollte, ging in ohrenbetäubendem Jubel unter: eine Schulversammlung mit Roboter? Das war ja fast noch besser als Hitzefrei oder Probealarm! Denn das waren die einzigen beiden Dinge, die Herr Struwelniak-Kapellowski normalerweise persönlich verkündete.

Als die Kinder sich bald darauf in der Aula versammelten, summte und brummte der große Raum vor Aufregung. Die Jüngeren in den ersten Reihen starrten mit großen Augen ge-

spannt auf die Bühne. Ob da gleich wirklich ein echter Roboter auftauchen würde? Weiter hinten balgten sich die Älteren und taten cool – ganz so, als ob ein Roboter in der Schule nichts Besonderes wäre. Insgeheim waren sie natürlich genau so aufgeregt wie die Kleinen. Doch niemand war so aufgeregt wie Paul!

Der Rektor hatte ihn an der Tür zur Aula abgefangen und direkt hinter die Bühne gelotst. Dort stand er jetzt mit Roki an der Hand und linste nervös durch einen Spalt im Vorhang. Es war ihm nicht ganz klar, was Herr Struwelniak-Kapellowski gleich von ihm erwartete. Sollte er etwas über Roki erzählen – vor der ganzen Schule? Bei dem Gedanken wurde Paul ganz heiß, auch wenn er sonst nicht auf den Mund gefallen war. Er fragte sich auch, ob Adam wohl von dieser Versammlung wusste? Hoffentlich war ihm das überhaupt recht!

Doch da winkte Struwwel auch schon von vorne:

„Es ist so weit! Alle erwarten euch ganz ungeduldig", flüsterte er und zwinkerte kumpelhaft. Dann schob er Paul und Roki ins Rampenlicht.

„Applaus für Paul und seinen elektrischen Freund!"

Die Schüler begannen zu klatschen – doch beinahe sofort brach der Applaus wieder ab. Einige Kinder kicherten, andere lachten laut und zeigten auf Roki.

„Der ist ja kleiner als die i-Männchen", rief ein Schüler aus der Vierten.

Das war gemein – fanden auch die Erstklässler ganz vorn. Paul drückte schnell Rokis Plastikhand.

Doch Roki war anscheinend überhaupt nicht beleidigt.

„Klein ist logisch – *pijub*. Ich bin ein Minibot. Mein Name ist Roki“, sagte er und ließ dabei kurz seine Augen aufblinken.

Ein Junge blitzte mit seinem Handy zurück.

„Oooch ‘ne Taschenlampen-App, hat doch jeder“, maulte er laut.

„Kann der auch was richtig Tolles?“, fragte ein Mädchen.

„Aber ja!“, mischte der Schulleiter sich ein. „Unbedingt! Das ist ein ganz moderner Hochleistungsrobo…“

„Böööörps“, rülpste Roki. „Hehehehe!“

„Hehehehe“, äffte das Mädchen ihn nach. „Ein Superrülpsroboter, aber hallo!“

Alle lachten.

Paul sank das Herz in die Hose. Klar, Adam geriet immer völlig aus dem Häuschen, wenn Roki menschliche Geräusche von sich gab. Aber seine Mitschüler wollten natürlich etwas ganz anderes sehen! Wahrscheinlich hatten sie gedacht, Roki hätte Superkräfte oder so was. Und den Gong-Dong-Song hatte ja nur die 3c mitbekommen.

„Äh … Roki ist der erste Roboter der Welt, der lachen kann“, erklärte Paul tapfer, „und sogar träumen! Das ist technisch eigentlich gar nicht möglich.“

Keiner sagte etwas.

„Und er kann sich blitzschnell Sachen merken und vergisst sie nie wieder“, fiel Paul noch ein. Denn das war ja nun wirklich toll. „Sein *Rokipedia* …“

„*Rokipedia*! Was soll das denn sein?“, meckerte wieder einer.

„Das ist wahrscheinlich ein selbstlernender Hochleistungsspeicher“, meldete sich plötzlich eine Männerstimme. „*Rokipedia* nennst du das? Sehr interessant!“ Der Mann hatte schon eine Weile neben der Bühne gestanden und trat jetzt eilig nach vorne. Paul hatte ihn vorher noch nie gesehen.

„Schröder von der Tagespost“, stellte der Fremde sich vor. „Darf ich dem Jungen ein paar Fragen stellen?“

„Von der Zeitung? Na, so was!“ Herr Struwelniak-Kapellowski strahlte über beide Ohren. „Selbstverständlich, kommen Sie auf die Bühne, kommen Sie!“

Ein Reporter mit Bart

Paul war hin- und hergerissen. Er wusste ja, dass es Adam gar nicht recht wäre, wenn Roki morgen in der Zeitung stand! Andererseits, seit der Reporter aufgetaucht war, hatte keiner mehr über Roki gelacht. Beeindruckt sahen alle zu, wie der Mann auf die Bühne kletterte und einen Notizblock aus der Jackentasche zog.

„Ein Roboter, der lachen kann“, sagte er zu Struwwel. „Das ist wirklich eine Sensation. Ich kenne mich da ein wenig aus, müssen Sie wissen.“

„Natürlich, natürlich.“ Herr Struwelniak-Kapellowski nickte eifrig.

„Und schlafwandeln kann er auch, oder?“, wandte der Reporter sich an Paul. „Erzähl doch mal.“

„Genau, auf dem Da…“ Paul stockte. „Woher wissen Sie das?“

„Ach, das hab ich nur so geraten. Hahaha“, lachte der Mann. Sein Gesicht war fast vollständig von einem dichten Bart verdeckt, das fiel Paul jetzt auf.

„Wie kommt es denn eigentlich, dass du so eine wertvolle

Maschine mit in die Schule nehmen darfst? Hat sein Besitzer nichts dagegen?"

„*Pijuuuib*?", machte Roki fragend. „Was ist ein Besitzer?"

„Er meint Adam", flüsterte Paul ihm zu. „Roki ist aber keine Maschine", sagte er laut. „Er ist – "

„Ein Roboterkind", sagte Roki. „Logisch. Und Adam ist mein Papa. Aha!"

„Süüüß!“, rief ein Mädchen dazwischen. Ihre Freundinnen kicherten.

„Du meinst Adam Batomil, nehme ich an“, sagte der Reporter. „Das ist ein international bekannter Wissenschaftler“, erklärte er dem Schulleiter.

„Ja, also ... Das weiß ich selbst.“ Struwwel sah verärgert aus, denn er kam überhaupt nicht mehr zu Wort. „Vielleicht sollte der Roboter jetzt doch noch ein wenig zeigen, was er kann!“

Er tippte auf die winzig kleinen Löcher in Rokis Gesicht. „Wozu sind die da zum Beispiel gut?“, fragte er.

„Geruchssensoren“, sagte Roki. „Mittagessen heute: Fischstäbchen.“

„Das stimmt“, sagte Struwwel überrascht. Er überlegte. „Und wenn jeder unserer 347 Schüler hier fünf Fischstäbchen isst – wie viele brauchen wir dann insgesamt?“

„Vorsicht!“, warnte Frau Glück lachend. Sie erwartete wohl, dass der kleine Roboter wieder von Bauchschmerzen anfing. Doch Roki hatte etwas anderes im Sinn.

„Fehler“, sagte er. „31 Schüler sind Vegetarier – kein Fisch, aha!“

„Äh – wie bitte?“ Herr Struwelniak-Kapellowski war verwirrt. „31 ... was? Stimmt das, Frau Rösle?“

„Stimmt genau.“ Die Schulsekretärin nickte. „Er muss an meinem Computer gewesen sein. Da speichern wir alle …“

„He, Roki", rief ein Mädchen dazwischen, „steht im Computer auch, wann ich Geburtstag habe? Maja Fricke!"

„Fricke, Maja, Klasse 4b", sagte Roki sofort. „*Pijub*. Geburtstag am 24. Novem…"

„STOP! Aufhören, sofort!" Der Schulleiter war auf einmal ganz rot im Gesicht. „Das sind doch streng vertrauliche Informationen!"

„Oooch, meinen Geburtstag dürfen ruhig alle wissen", grinste das Mädchen frech, „dann krieg ich mehr Geschenke."

„Schluss jetzt damit", mahnte Struwwel noch einmal. „Die Versammlung ist beendet. Alle Schüler gehen sofort zurück in ihre Klassen."

Eilig winkte er Paul und Roki von der Bühne.

Der Reporter wollte ihnen folgen, doch Struwwel stellte sich ihm in den Weg.

„Sie haben ja gehört, Paul muss wieder in den Unterricht", sagte er bestimmt. Plötzlich war er gar nicht mehr so wild darauf, dass seine Schule in die Zeitung kam. Er machte sich wohl Sorgen, was Roki noch alles ausplaudern würde!

Paul atmete erleichtert auf.

Die komischen Fragen des Reporters hatten ihm gar nicht gefallen. Die ganze Zeit hatte er das Gefühl gehabt, dass der Mann mehr wusste, als er sagte.

Und warum war er überhaupt in der Schule gewesen?

„*Pijuuuib*?“ Der kleine Roboter zupfte Paul am Ärmel. „Erkläre Geburtstag. Und Geschenke!“

Paul grinste. Das war mal wieder typisch Roki: Den ganzen Schulcomputer konnte er in fünf Sekunden auswendig. Aber was jedes Kind im Schlaf wusste, das musste man ihm erklären!

Hatschi und Hummelgefühle

„Wieso hast du mir nie von Roki erzählt?“

Als alle zurück in der Klasse waren, nutzte Leo die Gelegenheit, Paul endlich ein paar Fragen zu stellen.

Paul zuckte zusammen. Er hatte gerade beobachtet, wie Roki sich wieder neben Jule setzte. Erneut zwickte ihn die Eifersucht. Dabei hatte Leo eigentlich viel mehr Grund dazu, fiel Paul jetzt ein. Schließlich waren sie seit der ersten Klasse befreundet.

„Ich durfte doch nichts erzählen“, entschuldigte er sich. „Adam will eigentlich nicht, dass zu viele Leute von Roki wissen. Er ist beinahe schon mal entführt worden, weißt du?“

„In echt?“ Leo machte große Augen. „Wer …?“

„Schschschsch!“, mahnte Frau Glück, „wie kriege ich euch jetzt bloß wieder ruhig?“ Sie überlegte kurz, dann schrieb sie an die Tafel:

Beschreibe einen Roboter!

„Personenbeschreibung haben wir ja schon geübt“, sagte sie. Jetzt könnt ihr einen kleinen Aufsatz über Roki schreiben – Hatschi!“ Sie nieste heftig.

„Hatschi!“, nieste Roki zurück. Er kannte das von Adam. Der Wissenschaftler war dauernd erkältet.

„Gesundheit!“, lächelte Frau Glück. „Bei mir ist es leider eine Kreideallergie, da helfen keine guten Wünsche.“ Sie nieste gleich noch einmal.

„Aha“, sagte Roki, „Lösung ganz einfach. Erstens: Geruchssensoren schließen.“ Er tippte auf die Salzstreuer-Löcher in seinem Gesicht. „Zweitens: Riechfunktion abschalten. Drittens: Niesprogramm stoppen! *Pijub*.“

„Tja, ich weiß nicht, ob das bei mir hilft“, lachte Frau Glück, „aber danke für den Tipp, *Doktor Roki*. Hatschi!“

„*Pijuuib*? Was ist ein Doktor?“ Roki sah Jule fragend an.

Was Jule Roki antwortete, bekam Paul nicht mit. Er hatte schon wieder den aufdringlichen Reporter entdeckt. Der Mann stand in den Büschen vor dem Fenster und hielt eine riesige Kamera in der Hand. Anscheinend versuchte er, heimlich noch mehr Bilder von Roki zu knipsen!

Sofort hatte Paul wieder hundert Hummelgedanken im Kopf: Wieso war der Kerl so versessen darauf, an den kleinen Roboter heranzukommen? Er dachte an Adams Warnung: Professor Neklapil konnte jederzeit erneut versuchen, Roki zu entführen. Daran hatte der Wissenschaftler ihn doch vorhin erst extra noch einmal erinnert! Hatte der Reporter womöglich etwas mit Neklapil zu tun? Aber eine Entführung mitten in der Schule, zwischen 347 neugierigen Kindern? Mit all den Lehrern, Struwwel und Hausmeister Palko, die auf sie aufpassten? Dieser Neklapil müsste ganz schön dumm sein, es ausgerechnet hier zu versuchen, tröstete sich Paul. Er schaute wieder zu Roki und Jule hinüber.

Die beiden machten inzwischen Unsinn: Jule pustete in ihr Heft, bis die Seiten von selbst umblätterten, und Roki versuchte es nachzumachen. Ohne Erfolg.

„Hehehehe – interessant!", sagte er und ließ seine Augen aufleuchten. „Minibot kann nicht pusten."

Jule kicherte und Paul spürte wieder diesen kleinen Stich. Jetzt hatte er auch noch Hummelgefühle!

„Paul – Jule!", mahnte Frau Glück wieder. „Wollt ihr nicht auch anfangen zu schreiben?"

Paul sah sich um. Tatsächlich kritzelten alle anderen bereits emsig in ihre Hefte. Zu Roki fiel anscheinend jedem etwas ein.

Nur der kleine Roboter war unzufrieden.

„Roki will auch schreiben – *pijuub*!", forderte er energisch.

„Tja, hm …", machte Frau Glück etwas ratlos, „kann Roki denn überhaupt schreiben, Paul?"

Gute Frage! Paul wusste, dass Roki auf einer Tastatur tippen konnte – aber richtig schreiben, mit einem Stift in der Hand?

„Logisch“, sagte Roki. Prompt stand er auf, lief nach vorne und schrieb in großen krakeligen Buchstaben seinen Namen an die Tafel. „Bot.“

„Na, prima“, meinte Frau Glück, „dann soll Roki eben einen Menschen beschreiben. Einverstanden, *Doktor Roki*?“

Aufsatz mit Zuckerwatte

In der Klasse war es ganz still geworden. Nur das Kratzen der Füller auf dem Papier war zu hören. Ab und zu murmelte jemand leise vor sich hin oder blätterte raschelnd eine Seite um. Doch niemand raschelte so rasant wie Roki!

In einem irren Tempo füllte er Blatt um Blatt mit seiner krakeligen Riesenschrift. Und er wollte gar nicht mehr aufhören! Paul wurde schon vom Zuschauen schwindelig.

Jule linste dem kleinen Roboter über die Schulter und versuchte zu lesen, was er schrieb. Doch anscheinend war nicht viel damit anzufangen: Sie runzelte bloß die Stirn und schaute zu Paul hinüber, ein großes Fragezeichen im Gesicht. Wie gerne hätte Paul an ihrer Stelle neben Roki gesessen! Er wusste ja, dass der kleine Roboter seine ganz eigene Logik hatte … womöglich hatte er die Aufgabe falsch verstanden?

„Mehr Papier, bitte danke. Das ist höflich, aha!“, sagte Roki gerade.

Frau Glück kam näher und betrachtete neugierig den dicken Stapel beschriebener Blätter. „Das sieht ja schon ziemlich interessant aus“, sagte sie. „Willst du uns vielleicht vorlesen, was du bis jetzt geschrieben hast, Roki? Gleich läutet es zur Pause.“

„Jetzt vorlesen ist gut“, stimmte Roki zu. „Fischstäbchen fertig in sieben Minuten.“

Tatsächlich war das Mittagessen jetzt auch für menschliche Nasen deutlich zu riechen. Frau Glück schaute trotzdem skeptisch.

„Du kannst am Geruch erkennen, wie lange die Fischstäbchen noch brauchen?“, fragte sie ungläubig.

„Logisch“, sagte Roki. Dann nahm er seinen Papierstapel und marschierte damit nach vorne.

Die Kinder an den hinteren Tischen reckten kichernd die Köpfe. Roki war so klein, dass sie ihn von ihren Plätzen aus kaum sehen konnten.

„Fehler, aha. Entschuldigung“, sagte Roki. Er tippte auf sein Display – und begann plötzlich zu wachsen!

Paul staunte Bauklötze. Roki konnte nicht nur seine Arme ausfahren, sondern auch seine Beine! Das hatte er gar nicht gewusst. Der kleine Roboter steckte immer noch voller Überraschungen, selbst für seinen allerbesten Freund.

Lang und länger wurden Rokis Beine. Gleich würde er mit dem Kopf unter die Decke stoßen … da endlich stoppte die Roboter-Stelzen-Funktion.

„Wahnsinn!“, flüsterte Frau Glück.

„Ups, Fehlerbehebung!“, sagte Roki und fuhr wieder ein Stück hinunter.

Warum hat er das nicht vorhin in der Aula gemacht?, fragte sich Paul. *Diesem Viertklässler hätte er es richtig zeigen können. Von wegen kleiner als ein i-Männchen!* Doch auch das war typisch Roki: Was andere über ihn dachten, war ihm völlig egal.

„Aufgabe für Roboter: Beschreibe einen Menschen“, verkündete Roki jetzt. Dann begann er, seinen Aufsatz vorzulesen:

„*Pijub*. Menschen sind interessant, aber unlogisch. Beispiel Adam: sehr schlauer Roboter-Erfinder. Verliert trotzdem oft seine Brille. Sein Speicher ist schlecht organisiert. Viele Fehler. Adam isst auch sehr oft Pizza. Aber Gemüse ist viel gesünder. Aha! Das ist unlogisch. Ein Roboter würde Gemüse essen – hicks!“

„Sei froh, dass du keine Brille brauchst“, lachte Frau Glück, „und von Gemüse bekommst du anscheinend Schluckauf.“

Doch Paul wusste, woher der Schluckauf wirklich kam: Roki musste bald seinen Akku aufladen.

„*Piijuib*?“, machte Roki. Dann las er weiter:

„Beispiel Valerie ... “

„Äh, das ist meine Mutter“, erklärte Paul schnell.

„Richtig, *pijub*. Valerie sagt zu Paul: ‹Guck mal – hicks! Da kommt Frau Kursawe mit ihrer unmöglichen Frisur. Schrecklich, diese Farbe. Wie angebrannte – hicks! – Zuckerwatte!›“

Die Klasse kringelte sich vor Lachen. Aber Roki war noch nicht fertig:

„Zwei Minuten später sagt Valerie zu Frau Kursawe: ‹Waren Sie beim Friseur? Das sieht ja toll aus!› Valerie ist sehr unlogisch – hicks!“

Frau Glück lachte. Doch Paul war sehr froh, dass es in diesem Moment zur Mittagspause gongte. Er hatte wirklich Angst gehabt, was Roki als Nächstes ausplaudern würde.

Huwi und die Schlange

Auf dem Weg zum Mittagessen trafen Paul und Roki Herrn Palko. Der Hausmeister versprach, Roki gleich ein Kabel zu bringen, damit auch der kleine Roboter seinen Hunger stillen konnte.

„Wechselstrom, 230 Volt", nickte Palko verschwörerisch, „das schmeckt."

Als die beiden schließlich in die Kantine kamen, waren schon fast alle Plätze besetzt. Doch an einem Tisch in der Mitte winkten Jule und Leo: Sie hatten zwei Stühle für Roki und Paul frei gehalten.

Ganz in der Nähe saß auch der lästige Reporter vor einem Berg Kartoffelbrei und Fischstäbchen und starrte Roki neugierig an. Der kleine Roboter hickste inzwischen dreimal pro Minute. Er musste jetzt wirklich dringend seinen Akku aufladen. Doch der Hausmeister ließ sich noch nicht blicken. Stattdessen kam die Küchenchefin an Pauls Tisch und stellte einen großen Teller mit Schrauben vor Roki hin. Sie dachte wohl, dass Roboter so etwas gerne essen.

„Bitte danke, aha“, sagte Roki. „*Bon appetito.*“

Das sagte Gina immer, wenn sie Adam sein Essen brachte.

Paul war stolz, dass alle Roki so gernhatten. Sogar die Küchenchefin! Die war nämlich sonst ziemlich streng. Nicht mal dem Schulleiter brachte sie das Essen an den Tisch.

Gerade hatten Jule, Paul und Leo sich über ihre Fischstäbchen hergemacht, da fingen die Kinder in ihrem Rücken plötzlich an zu lachen.

„Was ist das denn?“, riefen sie.

„Eine Schlange auf Rädern!" – „Nein, ein Kabel-Ufo!"

Paul drehte sich um und entdeckte den Hoover-Robot 1.200. Palkos Saughund! Der Hausmeister hatte ein säuberlich aufgerolltes Kabel auf den Staubsauger gelegt. Es sah wirklich ein bisschen aus wie eine Schlange auf einem Ufo.

„Bring 's Schnürchen, Huwi", rief der Hausmeister stolz. „Bring 's zu Roki!"

Und tatsächlich. Der Staubsauger suchte sich zielstrebig einen Weg zwischen den Tischen. Unterwegs saugte er ein paar runtergefallene Fischstäbchenkrümel auf. Dann hielt er brav neben Rokis Stuhl an.

„Feiner Hund, Huwi", lobte Palko.

Die Kinder lachten und applaudierten.

Paul gab Roki das eine Ende des Kabels. Mit dem anderen Ende flitzte er zur Küchenchefin, die es gleich in die Steckdose steckte.

Als Paul zum Tisch zurückkam, sah Leo ihn beeindruckt an.

„Alle starren uns an", sagte er.

„Stimmt", meinte Jule, „Roki ist ein richtiger Star."

Paul grinste zufrieden. Es war ein rundum gutes Gefühl, hier mit seinen Freunden zu sitzen. Genau so hatte er sich den Schultag mit Roki vorgestellt.

Klar, es hatte einige Überraschungen gegeben. Aber so war das eben mit einem superschlauen Roboter. Daran hatte Paul sich inzwischen gewöhnt.

Kompott. Bot.

Mit halb geschlossenen Augen saß Roki am Tisch und ließ den Wechselstrom in seinen Akku fließen. Dabei brummte er wie immer behaglich vor sich hin.

„Wie ein sattes Baby“, staunte Jule und lächelte.

Paul nickte. Er mochte das Geräusch auch. Es bedeutete, dass alles wunderbar in Ordnung war. Doch diesmal hatte er sich getäuscht.

„Hey, Roboter!“, blaffte Philipp. Er saß einige Tische weit entfernt. „Hol mir meinen Nachtisch!“

„Hör bloß nicht auf den Blödmann“, riet Jule. „Der ist immer noch beleidigt, weil Roki so gut rechnen kann.“

„Und Roki muss sowieso erst fertig essen“, grinste Leo. Er zeigte auf Rokis Bauch-Display: **AKKU 50 %**, stand da.

Doch Philipp ließ nicht locker.

„Kompott mit extra Sahne“, verlangte er laut. „Beeil dich!“

„Mann, der nervt“, sagte Leo.

„Roki ist doch nicht dein Diener!“, rief Paul empört zu Philipp hinüber.

Philipp war inzwischen aufgestanden.

„Wenn mein Vater was im Internet bestellt, macht er es genauso“, prahlte er. „Er sagt, Maschinen müssen Menschen gehorchen. Dafür wurden sie schließlich erfunden.“

Zufrieden sah er sich um. Die anderen Kinder schauten unsicher.

Doch Paul, Jule und Leo waren ebenfalls aufgestanden.

„Roki ist aber keine Maschine“, protestierte Paul.

„Genau“, setzte Jule nach, „er ist ein Roboterkind. Und unser Freund!“

„Hey, Blödmann“, rief Leo, „hol dir dein Kompott gefälligst selber!“

„Das sehe ich ganz genauso!“ Quer durch die Kantine drohte die Küchenchefin Philipp mit dem Finger. Und der Küchenchefin widersprach niemand. Nicht mal Philipp.

Nur Roki schien das Ganze gar nicht zu kümmern. Er wartete in aller Ruhe, bis seine Akkuanzeige wieder bei hundert Prozent war. Dann zog er sich selbst das Ladekabel heraus und begann, es ordentlich aufzurollen. Schritt für Schritt stapfte er dabei auf die Küche zu. Als er an der Essensausgabe angekommen war, fuhr er seine Beine ein Stück hoch, bis er über den Tresen schauen konnte. Dort legte er das Kabel ab und sagte: „*Pijub*. Dreimal Nachtisch mit Sahne, bitte danke.“

„Ebenfalls bitte danke.“ Die verdutzte Küchenchefin nahm

das Kabel und stellte drei Schälchen mit Kompott vor Roki hin. Geschickt trug er sie zu Paul, Jule und Leo hinüber.

„So ein freundliches Kerlchen!", lobte die Küchenchefin begeistert.

Die anderen Kinder johlten und klatschten. Nur Philipp schaute sauer aus der Wäsche. Schon wieder hatte er keine Punkte gemacht!

Da ging Roki noch einmal los Richtung Küche: „Einmal Kompott. Viele Erdbeeren. Extra Sahne. Bitte danke!"

„Erdbeeren magst du lieber als Schrauben?", wunderte sich die Küchenchefin. „Na, hoffentlich gibt das keinen Roboterpups, hahaha."

Doch Roki wollte den Nachtisch nicht für sich selbst. Vorsichtig balancierte er das randvolle Schälchen bis zu Philipps Tisch. „Kompott. Bot", sagte er freundlich.

„Na also, geht doch!", grinste Philipp. Stolz blickte er in die Runde und griff nach seinem Löffel.

„Warum hat Roki den Blödmann bloß bedient?", fragte Leo enttäuscht.

„Der hat nicht mal Danke gesagt!", empörte sich Jule.

„Abwarten." Paul war sich ziemlich sicher, dass Roki noch etwas auf Lager hatte.

Und tatsächlich: Gerade als Philipp sich die erste Ladung Kompott in den Mund schieben wollte, stieß Roki ihm aus Ver-

sehen gegen den Ellbogen! Ein dicker roter Klecks landete mitten auf Philipps T-Shirt.

„Ups, Fehler. Entschuldigung“, sagte Roki liebenswürdig. „Das ist höflich. Aha.“

Die Kantine tobte vor Vergnügen.

„Das hat er absichtlich gemacht, oder?“, fragte Leo begeistert.

„Logisch“, grinste Paul.

Eine Lehrerin mit Bart?

Nach der Mittagspause war noch Sportunterricht. Paul konnte sich später kaum erinnern, was sie da gemacht hatten, so müde war er plötzlich! Die ganze Zeit war Roki von neugierigen Schülern umringt gewesen. Alle wollten den kleinen Roboter einmal berühren. Jeder wollte etwas fragen oder einfach nur Hallo sagen. Roki hatte immer wieder Hände geschüttelt. Er hatte jedes Kind nach seinem Namen gefragt und zum Abschied seine Augen aufleuchten lassen.

Paul hatte auf Roki aufgepasst wie ein Luchs. Das hatte er Adam schließlich versprochen. Als Paul, Jule und Leo nach der Stunde endlich die Turnhalle verließen, war der Schulhof wie ausgestorben. Alle anderen waren längst nach Hause gegangen. Nur der aufdringliche Reporter lungerte noch vor dem Schultor herum. Hatte der etwa den ganzen Nachmittag auf sie gewartet? Jetzt hielt er auch noch ein Mikrofon in der Hand!

Aber Paul würde ganz bestimmt kein Interview mehr geben. Der Mann war ihm immer noch nicht geheuer. Gerade wollte er sich eine Ausrede überlegen, da sah er eine bekannte Gestalt durch das Schultor schlendern.

„Hallo, Adam!“, rief Paul erleichtert und winkte.

Sofort zuckte der Reporter zusammen. Er packte das Mikrofon weg und schlug seinen Kragen hoch, bis nur noch Nasenspitze und Bart zu sehen waren. Dann rannte er an Adam vorbei und verschwand auf der Straße.

„War das eure Lehrerin?“, grinste Adam. „Ich wusste gar nicht, dass die einen Bart hat, ha, ha.“

Jule und Leo lachten.

„Und wer seid ihr?“, fragte Adam.

„Piijuub. Das ist Jule“, stellte Roki vor, „und Leo. Neue Freunde, aha!“

„Stimmt“, sagte Leo stolz. „Wir haben Paul geholfen, auf Roki aufzupassen.“

„So? Na dann, vielen Dank“, sagte Adam. „Vielleicht kommt ihr uns irgendwann mal in der Werkstatt besuchen. Wenn ihr jetzt schon zum Roki-Team gehört.“

Er zwinkerte Paul zu. Leo und Jule strahlten.

„Piijuub“, sagte Roki. „Huwi ist auch im Roki-Team.“

„Und Herr Palko eigentlich auch“, meinte Paul.

Gerade kam der Hausmeister mit seinem Saughund an, um die Turnhalle abzuschließen. „Fass, Huwi!“, sagte er und zeigte auf ein herumliegendes Bonbonpapier.

„Aber das ist ja unser Staubsaugroboter“, staunte Adam verblüfft. „Ich dachte, er wäre kaputt.“

„Ich habe ihn repariert“, sagte Palko stolz. „Aber wenn es Ihrer ist ...“ Er schaute plötzlich sehr enttäuscht.

„Kann Herr Palko Huwi nicht behalten?“, platzte Paul heraus. „Er hat ihn vor der Müllabfuhr gerettet. Und Roki auch!“

„Roki gerettet – vor der Müllabfuhr?“ Adam verstand nur noch Bahnhof.

„Ja, so ist er zur Schule gekommen, als Elektromüll“, erklärte Palko.

„Logisch“, sagte Roki. „Elektromüll wird extra eingesammelt. Aha.“

„Hast du etwa ...?“ Adam ging ein Licht auf.

„Er hat das alles genau geplant“, grinste Paul. „Und den kaputten Sauger hat er zur Tarnung mitgenommen.“

„Huwi ist ein richtig feiner Hund“, verteidigte der Hausmeister seinen Liebling.

Adam nickte. „Da haben Sie recht“, sagte er und kratzte sich am Kopf. Er sah plötzlich ganz verträumt aus. „Also, wenn Sie den Hoover-Robot – äh, ich meine, wenn Sie Huwi behalten wollen ... ich glaube, den haben Sie sich verdient.“

Jetzt strahlte auch der Hausmeister.

Kurz darauf gingen Adam und Paul mit Roki heim.

„Toll, dass du Palko den Staubsauger geschenkt hast“, fand

Paul. „Aber was hast du damit gemeint: Er hat ihn sich verdient? Weil er Roki gerettet hat?“

„Das auch, natürlich“, nickte Adam. „Aber vor allem hat er mich auf eine Idee gebracht: Ein Staubsauger, der sich benimmt wie ein niedlicher Hund – das ist genial, verstehst du? Jeder würde so einen haben wollen.“ Er lachte begeistert. „Wenn ich noch ein paar Verbesserungen erfinde, wird das ein echter Hit.“

„Stimmt.“ Paul dachte an Frau Kursawe und ihre sechs Möpse. Die würde vielleicht sogar mehrere Huwis kaufen.

Keine Party ohne Pendler

In den folgenden Tagen war Roki in der Schule DAS Gesprächsthema.

„Wie geht es Roki?" – „Kriegt er auch genug Strom zu essen?" – „Warum bringst du ihn nicht jeden Tag mit?" Immer wieder hörte Paul dieselben Fragen. Gerade die letzte war gar nicht so leicht zu beantworten. Paul hätte es natürlich auch gefallen, wenn Roki öfter mit in die Schule gekommen wäre! Andererseits war schon das eine Mal sehr, sehr anstrengend gewesen. Besonders für Paul. Außerdem hatte Roki selbst ja auch noch ein Wörtchen mitzureden. Und der kleine Roboter war neuerdings gar nicht mehr so wild auf die Schule wie früher. Eigentlich kein Wunder, dachte Paul: Roki bräuchte schon Sonderunterricht für Superschlaue – sonst war es viel zu langweilig für ihn!

Stattdessen bekam der kleine Roboter nun täglich Grüße aus der Schule. Adam hatte ihm nämlich eine eigene E-Mail-Adresse eingerichtet: roki@roki-web.de.

So konnte jedes Kind, das zu Hause einen Computer hatte,

dem kleinen Roboter schreiben. Und das taten sie: Mia, Mustafa, Franzi, Carlo, Alice, Cemile, Salif und Marie ... Roki hatte schon jede Menge E-Mail-Freunde.

Heute jedoch war ein ganz besonderer Tag: Jule und Leo durften nach der Schule mit Paul nach Hause gehen! Und noch besser: Valerie bereitete eine Geburtstags-Überraschungsparty

für Adam vor. Deshalb wollte sie den Kiosk ausnahmsweise bereits am Mittag schließen. Schon die ganze Woche hatte sie einen Berg Zitronenkuchen auf Vorrat gebacken. Und der Kühlschrank war voll mit Ingwer-Rhabarber-Limo – Adams Lieblingssorte. Gina sollte später Pizza aus dem *Ristorante Subito* liefern. Sogar ihr Papa Lorenzo wollte sich für die Party freinehmen! Nur Pendler war immer noch nicht wieder da. Das war ein bisschen traurig, denn im Grunde hatten alle ihn schrecklich gern. Auch wenn er meistens schlecht gelaunt war.

Roki war fest davon überzeugt, dass er sich nur bei Pendler entschuldigen musste, und dann würde der Kater sofort wieder bei ihnen einziehen. Jedes Mal, wenn sie über Pendler sprachen, sagte er: „Fehlerbehebung schnellstmöglich. Entschuldigung für Mini-Löwe, aha!“

Kein Zweifel: Ohne Pendler fehlte jemand im Roki-Team!

Ein Kater bei Viktor Wau!

Adam war inzwischen unterwegs, um sich einen neuen Computer zu kaufen. Roki hatte er bei Valerie im Kiosk gelassen. Der schusselige Wissenschaftler ahnte nicht, was ihn am Nachmittag erwartete. Ja, er hatte seinen eigenen Geburtstag sogar komplett vergessen!

„Macht es dir wirklich nichts aus, auf Roki aufzupassen?“, hatte Adam besorgt gefragt. „Es kann eine ganze Weile dauern.“

„Null Problemo!“, hatte Valerie gesagt, „Roki kann mir ein bisschen beim Verkaufen helfen.“ Dabei hatte sie Roki zugezwinkert.

Doch kaum war der Wissenschaftler gegangen, hing auch schon ein Zettel im Schaufenster: „Heute aus privaten Gründen geschlossen“, stand darauf.

Dann fingen sie an zu wirbeln: Valerie stellte überall Getränkekisten auf und Roki legte Kissen darauf. Dort sollten die Partygäste sitzen. Valerie holte eine große Kiste mit Girlanden hervor. Roki machte seine Teleskoparme lang und spannte die bunten Ketten von Wand zu Wand. Zum Schluss verteilten sie überall kleine Schalen mit Chips und Teller mit Zitronenkuchen. Es sah richtig toll und gemütlich aus.

„Schau doch mal nach, ob Paul nicht bald kommt", sagte Valerie zu Roki.

„*Pijuub*." Rokis Augen flimmerten. Wann die Schule aus war und wie lange Paul normalerweise für den Heimweg brauchte, wusste der kleine Roboter natürlich auf die Sekunde genau. „Aha. Ankunft in neun bis elf Minuten", sagte er schließlich.

„Geht's nicht etwas genauer?", lachte Valerie.

Doch Roki nahm die Sache wie immer wörtlich: „Entschuldigung. Genauere Berechnung nicht möglich", sagte er. „Mit Jule und Leo dauert es vielleicht länger."

„Na, mir reicht's auch ungenau", grinste Valerie. Dann drückte sie sich einen knallorangen Kopfhörer auf die Ohren und fing an, durch den Laden zu tanzen. Gut gelaunt pustete sie Luftschlangen über die Regale.

Roki setzte sich auf Pauls Lieblingsplatz im Schaufenster und schaute hinaus. Beim Pusten konnte er schließlich nicht helfen. Zum Glück gab es auf der Straße immer etwas zu sehen. Gegenüber, vor Viktor Waus Hundesalon, stand gerade eine Frau mit einem Hund an der Leine. Oder nein – kein Hund!

„*Pijuuuib*?", machte Roki überrascht. Dieses flauschige gelbe Fell und das miesepetrige Gesicht kamen ihm doch bekannt vor! Zwar trug das Tier ein albernes Glitzerhalsband und eine

Katze an der Leine hatte Roki auch noch nie gesehen. Trotzdem gab es keinen Zweifel: Da draußen war Pendler! Soeben zerrte die Frau ihn über die Schwelle von Viktor Waus Hundesalon.

„Pijuuiib?", machte Roki noch einmal. „Kater beim Hundefriseur ist nicht logisch. Fehler, aha!" Sein rechtes Auge leuchtete auf wie ein Polizeiblaulicht. Doch Valerie hörte gerade ihren Lieblingssong. Sie hatte die Augen geschlossen und bekam überhaupt nichts mit. Mit ihr konnte Roki also nicht rechnen.

„Fehlerbehebung sofort!", entschied der kleine Roboter. Dann schloss er sich selber die Türe auf und marschierte auf die Straße. Er würde sich jetzt bei Pendler entschuldigen, damit der Kater endlich wieder bei Adam einziehen konnte. Nebenbei wollte er herausfinden, weshalb ein Kater zum Hundefriseur ging – das würde sicher sehr interessant!

Adam hätte Roki ganz bestimmt nicht ohne Tarnung rausgehen lassen. Doch eigentlich machte das keinen Unterschied, denn die Leute auf der Straße bemerkten Roki überhaupt nicht. Fast alle starrten bloß wie gebannt auf ihre Handys. Ein Mann und eine Frau prallten sogar genau vor Rokis Nase zusammen!

„Entschuldigung." – „Alles gut", sagten beide, ohne aufzuschauen.

„*Pijuuib*? Gefahr!", warnte der kleine Roboter, aber niemand hörte zu.

ALON

Unlogisch, ratterte Rokis Computergehirn, *auf der Straße muss man nach vorne sehen!* Das sagte einem doch der gesunde Roboterverstand.

„Links-rechts-links“, ermahnte Roki sich selbst. So machte man das. Dann überquerte er entschlossen die Fahrbahn.

Überraschung!

Als Roki den Salon betrat, schrillte eine Türglocke. Automatisch aktivierte er sein Mikrofon und speicherte das Geräusch ab. Geräusche waren sehr nützlich, fand Roki. Das hatte er ja neulich in der Schule erst wieder gesehen.

Die Frau, die Pendler zum Friseur gebracht hatte, fand das offenbar nicht. Sie saß auf einem Stuhl an der Wand und tippte ebenfalls auf ihrem Handy herum. Dass gerade ein waschechter Roboter den Salon betreten hatte, bekam sie überhaupt nicht mit. Ob Pendler jetzt bei dieser Frau wohnte?, überlegte Roki. Da hatte der Kater aber Pech gehabt. Sie schien auch nicht viel Roboterverstand zu besitzen.

Neugierig schaute er sich in dem kleinen Raum um. Es gab einen leeren Tresen und drei weitere Stühle für Kunden, auf denen aber niemand saß. Auf dem Boden lag ein Teppich mit einem Muster aus gekreuzten Knochen.

Hunde mögen Knochen. Teppich mit Knochen gefällt Hunden, kombinierte Roki. Logisch!

An den Wänden hingen Bilder von verrückten Frisuren. Ein

ulkiger kleiner Hund trug sogar eine Glatze. Oder jedenfalls fast: Mitten auf dem Kopf hatte der Friseur einen Streifen Haare stehen lassen. Sie waren knallblau gefärbt und steif nach oben gekämmt.

Pekinese mit Irokese stand unter dem Bild.

Roki betastete das blaue Kunststoffteil auf seinem eigenen Kopf. Dieser Irokesen-Pekinese sah ganz ähnlich aus wie er!

„Aha", sagte der kleine Roboter zu dem Bild. „Pekinese, Irokese, Rokinese. Hehehehe!"

„Wie bitte?", fragte die Frau auf dem Stuhl. Doch immer noch starrte sie auf ihr Handy.

Roki inspizierte inzwischen den Tresen. Dahinter musste der Behandlungsraum sein, denn man hörte ein leises Surren und dann noch ein anderes Geräusch: *Schnipp, schnipp, schnipp*, wie von einer Schere. Und plötzlich: „MIIIEAOUUU!"

Das war Pendler – und er war offenbar ziemlich wütend.

Roki wusste das, weil der Kater vor einiger Zeit schon einmal so ein Geräusch gemacht hatte. Damals hatte er ein Stück superscharfe Peperoni-Pizza verschluckt. Roki war daran nicht ganz unschuldig gewesen. *Interessant! Aber unlogisch.* Denn hier roch es weit und breit nicht nach Pizza.

„Chchchchfff!" Im Hinterzimmer war jetzt lautes Fauchen zu hören, und gleich darauf ein menschlicher Schmerzensschrei: „Aaaaahrr, aua! Nicht kratzen, verflixt!"

Auch diese Stimme hatte Roki schon einmal gehört, aber ...

„Alles in Ordnung, Herr Wau?", rief die Frau von ihrem Stuhl aus. „Kann ich helfen?"

„Nein, nein", antwortete der Friseur, „Ihr Kater ist nur ein bisschen – äh, lebhaft."

Roki war verwirrt. *Wieso sprach der Hundefriseur mit der Stimme von ...*

„Ja, er ist ein richtiger kleiner Racker", lachte die Frau. Endlich legte sie das Handy beiseite und strahlte den Mann an, der gerade hinter dem Tresen erschienen war. Der Hundefriseur hatte einen langen blutigen Kratzer am Arm, doch das schien ihn plötzlich gar nicht mehr zu kümmern – er hatte nur noch Augen für Roki.

„Hallo, hallo. Der lachende Minibot persönlich", sagte er langsam. „Na, wenn das keine Überraschung ist."

„*Pijuub*." Roki war eigentlich nicht überrascht. Die Stimme hatte er ja vorher schon erkannt. Und jetzt erkannte er auch den Bart. *Logisch:* Viktor Wau war niemand anderer als der Reporter aus Pauls Schule!

Entschlossen ging der Mann auf Roki zu und schob ihn hinter den Tresen.

„Aber was ...?" Ratlos blickte die Frau ihnen nach.

Nur wenige Meter entfernt, gleich auf der anderen Straßenseite, kamen gerade Paul, Jule und Leo um die Ecke. Voller Vorfreude rannten sie auf den Kiosk zu – Sie hatten ja keine Ahnung, welche schlechte Nachricht dort auf sie wartete!

„Habt ihr Roki gesehen?" Bleich und nervös stand Valerie vor der Tür.

„Roki, wieso?" Schlagartig verging Paul das Lachen. „Ist er nicht bei Adam?"

Seine Mutter schüttelte den Kopf. „Adam hat ihn bei mir gelassen, weil er einkaufen wollte", seufzte sie. „Und dann war er wieder mal plötzlich weg."

„Roki ist weg?" – „Aber wo ist er denn? – „Wir wollten doch mit ihm feiern!"

Leo und Jule waren schwer enttäuscht.

Paul ging es genauso. Aber er wusste auch, für wen die Nachricht noch viel schlimmer sein würde: Adam!

Als der Wissenschaftler fünf Minuten später mit seinem neuen Computer aus einem Taxi stieg, erwarteten ihn Valerie und die Kinder mit betretenen Gesichtern. So hatten sie sich die Geburtstagsüberraschung für Adam wirklich nicht vorgestellt!

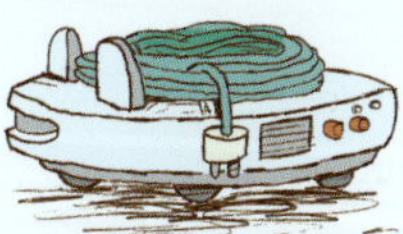

Der Haar-iBot

Im hinteren Raum des Hundesalons war das Surren und Schnippeln viel lauter zu hören als vorne. Roki sah sich wissbegierig um. Die Geräusche kamen von einem seltsamen Apparat in der Mitte des Raums. Silbrig glänzende Maschinenarme wirbelten mit Kämmen, Bürsten und Scheren um eine pelzige gelbe Gestalt herum – Pendler! Der Kater hockte schlecht gelaunt in einer kleinen Box und wurde von einem vollautomatischen Friseur bedient: *Haar-iBot-3000* stand auf der Maschine.

„Aha!" Ein Haarschneideroboter – das war interessant! Roki trat näher und sah zu, wie die Maschine arbeitete. Die abgeschnittenen Haare verschwanden in einem beweglichen Saugrohr. Aus einer kleinen Düse spritzte im Sekundentakt Farbe auf Pendlers Fell. Anscheinend sollte er pinkfarbene Glitzersträhnchen bekommen. Aus einer anderen Öffnung fielen regelmäßig Leckerlis in die Box. Empörtes Fauchen verriet, was der Kater davon hielt: NICHTS.

Ein guter Moment, um sich endlich zu entschuldigen, fand Roki. Das würde Pendler sicher aufmuntern.

HAAR-iBot-3000
ZZZZZZZZZZZZZZ

„Fehlerbehebung, bitte danke", sagte er freundlich. „Entschuldigung. *Pijub.*"

Doch als Pendler den kleinen Roboter erblickte, fauchte er bloß noch lauter. Sein buschiger Schwanz peitschte durch die Behandlungsbox und verspritzte Farbe in alle Richtungen. *Fliitsch!* Ein fetter rosa Glitzersprenkel landete mitten in Viktor Waus Gesicht.

„Nein, nein, stopp", protestierte der Hundefriseur.

Eilig sprang er hinzu und schaltete die Maschine ab.

Roki öffnete hilfsbereit die Box, in der Pendler gesessen hatte. „*Pijub.*"

„MIIIEAOUUU!" Mit einem gewaltigen Satz sprang der Kater hinaus und entwischte in den Vorraum.

„Halt, hiergeblieben!", rief Victor Wau.

Da schrillte die Türglocke: Frau Kursawe brachte ihre sechs Möpse zum Haareschneiden.

„Juhu, wir sind's", flötete sie vergnügt, „pünktlich wie … Huch! Was ist das denn?"

Schnell wie der Blitz war Pendler zwischen den Hunden hindurch auf die Straße geschossen. Die Möpse kläfften überrascht durcheinander und verhedderten sich in ihren Leinen.

„Mein Katerchen!", kreischte die Frau, die auf Pendler gewartet hatte, „wo willst du denn hin?" Doch als sie einen Moment später aus dem Salon stürzte, war Pendler verschwunden.

Mau!

Gegenüber im Kiosk fand zur selben Zeit eine kleine Krisensitzung statt. Valerie und Adam, Paul, Jule und Leo saßen bedrückt unter den bunten Partygirlanden und sorgten sich um Roki. Niemand hatte Lust, etwas zu essen. Adam mochte noch nicht einmal von seiner Lieblingslimonade trinken. Sogar die Luftschlangen hingen traurig von den Regalen herunter.

Jule saß neben Paul auf seinem Lieblingsplatz im Schaufenster und schaute immer wieder zur Straße hinaus. Gerade kniff sie ihre Augen zusammen und wünschte sich ganz fest, dass der kleine Roboter von selbst zurückkommen würde. Doch als sie die Augen wieder öffnete, war da …

„Der große gelbe Kater!", rief sie aufgeregt, „da drüben, unter dem Auto!"

Tatsächlich: Ein paar Meter entfernt, unter einem geparkten Lieferwagen, hockte Pendler und starrte zu ihnen hinüber, als hätte er Gespenster gesehen.

Adam griff sich schnell einen Teller mit Zitronenkuchen und trat vor die Tür.

„Na komm, alter Miesepeter", lockte er Pendler freundlich, „komm, hier ist dein Lieblingskuchen."

Der Kater zögerte misstrauisch. Aber lange konnte er nicht widerstehen.

„Wie sieht …" Als Pendler mit eingezogenem Kopf unter dem Auto hervorkroch, wäre Paul vor Überraschung fast laut herausgeplatzt. „Wie sieht der denn aus?", staunte er flüsternd, um das Tier nicht zu erschrecken.

Pendler war tatsächlich kaum wiederzuerkennen: Aus seinem flauschigen Fell standen zackige Büschel in alle Richtungen. Dazwischen leuchteten kahle Stellen und pinkfarbene Flecken hervor.

„Er hat sich mit einer Heckenschere angelegt", kicherte Jule.

„Und anschließend ist er in einen Eimer Farbe gefallen", lachte Valerie.

Alle waren so erleichtert, den Kater wiederzusehen, dass sie die Sorge um Roki fast vergaßen – aber nur fast.

„Armer Pendler", seufzte Adam. „Wer hat dir bloß diese Frisur verpasst?"

„Mau", schmatzte Pendler über seinem Kuchen. „Mau, mau!"

Ein „W" konnte er ja leider nicht aussprechen. Sonst wären sie vielleicht auf die Idee gekommen, einmal bei Viktor Wau nachzusehen ...

Hundewitz und Glitzerhunde

„*Pijuuub*! Dies ist ein Notruf. Bitte benachrichtigen Sie Adam Batomil. 004930773…"

„Nichts da, kleiner Schlaumeier!"

Roki wollte sein Notfallprogramm abspulen, doch der Hundefriseur unterbrach ihn einfach mitten in der Telefonnummer. Sorgfältig schloss er die Türe zum Vorraum ab und steckte den Schlüssel in die Tasche. Dann setzte er den ersten der sechs Möpse in die Behandlungsbox und startete den *Haar-iBot-3000*. Dabei pfiff der Friseur die ganze Zeit zufrieden vor sich hin, als wäre ihm etwas ganz besonders Tolles gelungen.

„Auf diesen Moment habe ich lange gewartet", erklärte er dem kleinen Roboter.

„Da werde ich dich doch nicht einfach wieder gehen lassen."

„*Pijuub*. Gewartet?", fragte Roki neugierig.

„Ganz genau", sagte Viktor Wau. „Sehr, sehr lange gewartet. Und jetzt musst du ein bisschen

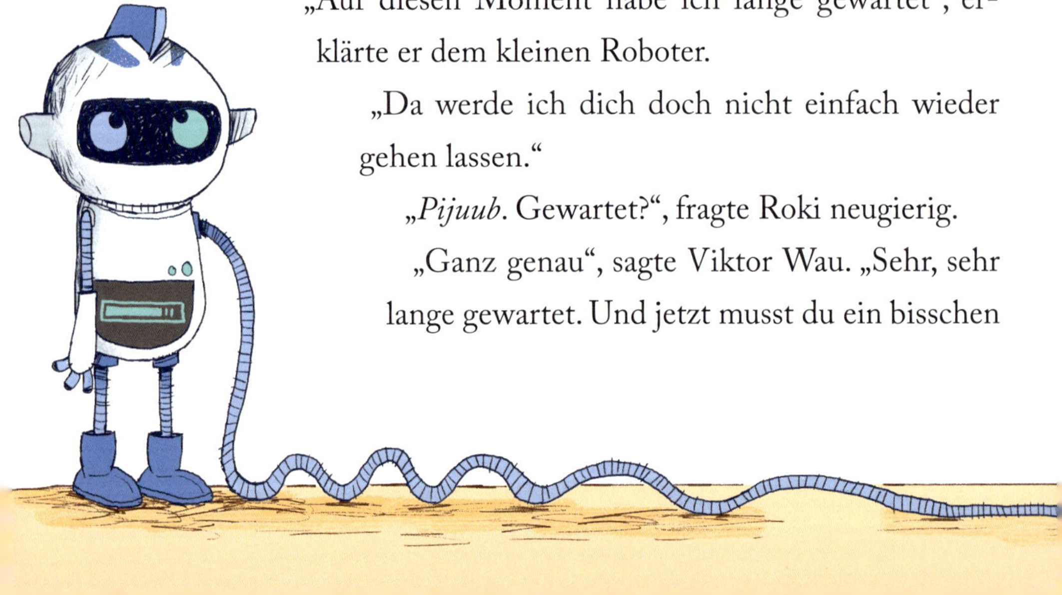

warten. Aber keine Sorge. Sobald Frau Kursawe ihre hässlichen Dickerchen wieder abgeholt hat, verduften wir hier."

Hässliche Dickerchen? Besonders tierlieb war der Hundefriseur anscheinend nicht. Das war unlogisch.

„*Pijuub.* Fehlerbehebung", schlug Roki höflich vor. „Entschuldigung für die Möpse."

„Hahaha, sehr lustig", lachte Viktor Wau. „Das ist ja sensationell!"

Begeistert notierte er etwas auf einem Klemmbrett.

Roki stellte seine Augen auf höchste Sehkraft und las: **Minibot erzählt Witze!**

Interessant. Genau solche Notizen machte Adam sich auch immer. Aber warum tat der Hundefriseur das? Wieso interessierte er sich so sehr für Roboter? Und warum hatte er sich in der Schule als Reporter verkleidet?

Roki hatte Fragen über Fragen. Und weil Viktor Wau schon wieder mit den Möpsen beschäftigt war, kümmerte der kleine Roboter sich auch gleich selbst um die Antworten. Auf einem Tisch an der Wand hatte er nämlich einen Computer entdeckt.

Langsam und unauffällig ließ Roki seinen linken Arm länger werden, bis er mit dem Zeigefinger nah genug herankam. Mit einem leisen KLICK!

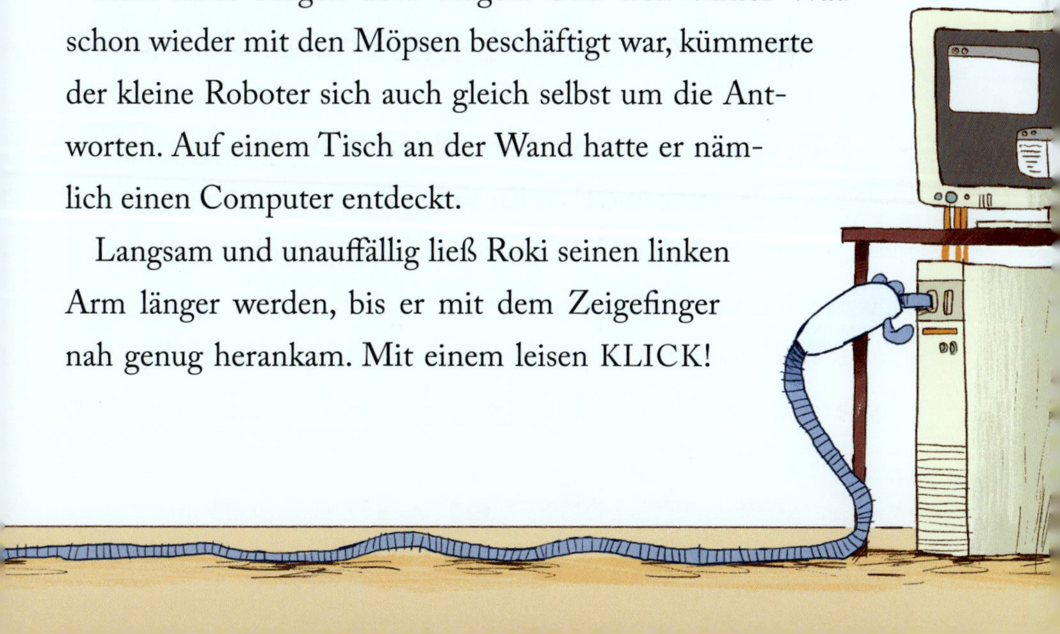

steckte er den Finger in das Gehäuse und verband sich mit dem Computer. Sekunden später kannte er den gesamten Inhalt: Da waren Fotos von Adam und *Valeries Späti*. Aber auch von Paul und Roki in der Schule! Es gab komplizierte Zeichnungen und Baupläne für Roboter, wie Roki sie von Adam kannte. Anscheinend hatte der Friseur auch den *Haar-iBot-3000* selbst entworfen.

Interessant! Das sah ja fast so aus, als ob …

Rokis Augen flimmerten kurz, wie immer, wenn er scharf kombinierte. Dann wusste er, wer Viktor Wau wirklich war. „Logisch – *pijuub*!"

Als kurz darauf wieder die Türglocke ertönte, saß der kleine Roboter ganz friedlich auf einem Hocker. Nur seine Hand bewegte sich unauffällig über das Lautsprechersymbol auf seinem Bauch. Geräusche waren sehr nützlich. *Aha!*

„Frau Kursawe?", rief der Hundefriseur. „Ihre Lieblinge sind sofort fertig!"

Eilig schloss er die Türe auf und verschwand im Vorraum.

Doch da war keine Frau Kursawe.

„Seltsam." Viktor Wau blickte die Straße hinauf und hinunter und wunderte sich.

Roki betrachtete inzwischen die sechs Möpse. Ihr Fell glänzte wie neu und duftete frisch gewaschen. *Der Haar-iBot-3000* hatte ganze Arbeit geleistet – nur Strähnchen hatten die Hunde nicht bekommen. Das könnte man noch ändern, fand Roki. Doch dann hatte er eine viel bessere Idee! Schnell nahm er einen Pinsel und etwas von der rosa Glitzerfarbe, mit der die Maschine Pendlers Fell gefärbt hatte …

Das Mops-Rätsel

„Hallo, was ist das denn?“ Diesmal war es Leo, der draußen vor dem Kiosk etwas entdeckt hatte – sechs frisch frisierte Möpse, die aufgeregt am Schaufenster hochsprangen! Anscheinend wollten sie unbedingt hinein.

„Nicht reinlassen!“, rief Valerie, doch da war es schon zu spät. Kläffend drängelten die Hunde in den Kiosk und versuchten wie wild, an Pendlers Kuchenteller heranzukommen. Schon geriet der Zeitungsständer gefährlich ins Schwanken!

„Ups – sorry“, sagte Leo schuldbewusst. Aber eigentlich konnte er nichts dafür; Hunde liebte er einfach über alles. Ganz anders als Pendler: Der hasste sie von ganzem Herzen!

„Mau, mau!“, meckerte der Kater und verzog sich wieder einmal hinter die Regale.

Die Möpse jagten schnaufend hinterher – Sie hielten das Ganze wohl für ein lustiges Spiel.

„Guckt mal, die haben alle was auf dem Rücken!“, sagte Jule plötzlich.

„Stimmt“, staunte Leo, „rosa Glitzerzeichen.“

„Das sind Buchstaben“, erkannte Paul. „Was soll das denn?“

Tja, das war nicht so leicht zu sagen. Trotz ihrer kurzen, dicken Beine waren die Hunde nämlich blitzschnell unterwegs und wuselten ständig durcheinander. Mal huschte ein ‚i‘ vorbei, mal ein ‚o‘. Zwischen den Getränkekisten flitzte ein Ausrufezeichen umher. Und hinter den Klopapierpaketen war ein ‚R‘ abgetaucht.

„Da rennt ein kleines ‚k‘“, zeigte Jule.

„Und ein ‚VW‘, rief Leo. „Hä? Das ist doch eine Automarke!“

„Vielleicht ist es eine Botschaft“, vermutete Paul.

„Ja, ein Mops-Code!“, kicherte Jule.

„So was wie eine SMS auf 24 Beinen?“ Valerie schüttelte den Kopf. „Ein bisschen schwer zu lesen, wenn ihr mich fragt.“

Doch Paul hatte eine Idee: „Mama, schnell, sechs Kuchenteller! Wir müssen sie in eine Reihe stellen!“

„Spinnst du?“, wollte Valerie protestieren. Doch dann gab sie neugierig nach. Und es klappte: Gierig versammelten sich die sechs Möpse vor ihren Tellern – und hielten endlich still.

Adam entzifferte der Reihe nach die Zeichen auf ihren Rücken:

„VWio!kR“, buchstabierte er. „Komisches Wort“

„Wir müssen sie vertauschen!“, schlug Paul vor.

Schnell packte jeder einen Hund und Mops für Mops landete vor einem anderen Teller.

„kiRoVW!“, las Valerie grinsend. „Da hat sich wohl jemand einen Scherz erlaubt.“

„Nein, warte“ – „Das ist es!“ Paul und Jule hatten gleichzeitig einen Geistesblitz.

Paul setzte das ‚R‘ vor das ‚o‘ und Jule stellte das ‚k‘ und das ‚i‘ daneben.

„Roki!“, rief Adam überrascht.

„Schön und gut“, sagte Valerie skeptisch. „Aber *VW!* – Was soll das bedeuten?

Leo schaute wieder aus dem Fenster, rüber zum Hundesalon.

Paul folgte seinem Blick. „Meinst du …?“, fragte er.

„Hundert Prozent“, nickte Leo aufgeregt. „VW steht für Viktor Wau.“

„Roki bei Viktor Wau!“, kombinierte Jule. „Das ist ein Notruf!“

Adam riss die Augen auf. „Natürlich! Nichts wie hin!“

Ausgetrickst

„Geschlossen!“ Adam rüttelte vergeblich an der Tür des Hundesalons. Doch im selben Moment wurde drinnen ein Schlüssel herumgedreht, und der Wissenschaftler stolperte überrascht hinein – mitten in die Arme von Viktor Wau.

„Geben Sie mir sofort meinen kleinen Roboter“, verlangte Adam. „Wo ist Roki?“

„Lassen Sie mich los!“ Der Hundefriseur trug Mantel und Hut. Hinter ihm auf dem Teppich standen ein großer Koffer und einige Reisetaschen. Es sah aus, als wollte er den Laden für immer verlassen.

„Hier gibt es keinen Roki. Oder sehe ich vielleicht aus wie ein Roboterfriseur?“

„Nein, aber …“ Paul hatte Viktor Wau noch nie zuvor aus der Nähe gesehen. Doch jetzt erkannte er ihn sofort. „Sie sehen aus wie der Reporter in der Schule“, sagte er entrüstet.

„Genau!“, riefen Jule und Leo im Chor.

„Und mir kommen Sie auch bekannt vor“, brummte Adam. „Kennen wir uns?“

„Pijuuuuub", meldete sich Rokis Stimme aus dem Hinterzimmer. „Viktor Wau kennt Adam. Aha!"

„Lächerlich!", wehrte sich Viktor Wau. Aber es klang nicht sehr überzeugend.

„Roki!", rief Adam, „wo bist du?"

„Da!" – „Hinter dem Tresen!" – „Da hinten muss er sein!"

Paul, Jule und Leo stürmten gleichzeitig los. Adam schloss die Türe wieder ab und eilte den dreien hinterher. Nur der Hundefriseur blieb mit hängenden Armen stehen. Er sah völlig erledigt aus.

Roki saß immer noch auf dem Hocker im Hinterzimmer und blickte seinen Rettern ganz entspannt entgegen.

„Hallo, Freunde", sagte er und ließ seine Augen aufleuchten. „*Pijuub*."

„Roki, wie ...", stammelte Adam, „ich meine, warum ... was machst du denn bloß hier?"

„Informationen sammeln. Aha!", sagte Roki. „Viktor Wau ist auch ein Robotererfinder. Sehr interessant, *pijub*."

„Viktor Wau ist – ein Robotererfinder?" Adam war perplex.

„Professor Ludek Neklapil", verkündete Roki. „Zweiter Vorname: Viktor. Logisch."

„Aber woher ..." Adam wurde bleich. Sein Mund blieb sekundenlang offen.

„Steht alles in seinem Computer", erklärte Roki munter.

„Eben nicht!“, stöhnte Viktor Wau alias Neklapil. „Nichts steht mehr im Computer!“

Der falsche Hundefriseur stand im Türrahmen und zeigte anklagend auf Roki.

„Der Minibot hat alles gelöscht!“

„Bravo, Roki! – Gut gemacht!“ Paul, Leo und Jule jubelten. „Roki hat dem Roboterdieb den Speicher gelöscht!“

„Nicht gelöscht“, sagte Roki. „Nur verschlüsselt. Hehehehe!“

„Du hast … den Computer … verschlüsselt?“ Eine Weile schaute Adam zwischen Roki und Professor Neklapil hin und her. Dann strahlte er plötzlich über das ganze Gesicht. „Genial!“, staunte er und gab Roki tatsächlich einen Kuss.

„Hä?“ Jule und Paul schauten sich ratlos an.

„Rufen wir jetzt die Polizei?“, fragte Leo gespannt.

„Nicht nötig“, erklärte Adam, „das ist ja das Geniale: Der Professor wird Roki ab sofort komplett in Ruhe lassen – sonst bekommt er nämlich das Passwort für seinen Computer nicht. Versteht ihr? Damit haben wir ihn in der Hand.“

„Alle meine Erfindungen!“, jammerte Neklapil, „ich bin ruiniert!“

„Nur, wenn Sie nicht brav sind“, grinste Adam.

„Bot“, sagte Roki.

„Können wir dann jetzt endlich feiern?“, freute sich Jule.

„Und wie!“, rief Adam fröhlich. Doch als er kurz darauf die Tür zur Straße aufschloss, blieb er plötzlich wie angewurzelt stehen.

„Was ist los? Warum gehst du nicht weiter?“ Paul zwängte sich an Adam vorbei und erstarrte ebenfalls:

Auf der anderen Straßenseite hatten sich an die dreißig Kinder vor dem Kiosk versammelt!

„Das ist ja unsere Klasse“, rief Jule, „mit Frau Glück!“

„Und Palko mit Huwi", wunderte sich Leo.

„Und Struwwel." Paul konnte es nicht fassen. „Was wollen die denn alle hier?"

„Das Roki-Team feiert Adams Geburtstag", sagte Roki. „Logisch. Aha!"

„*Du* hast die alle eingeladen?", staunte Paul.

„Bot", sagte Roki schon wieder. „Hehehehehe!"

Happy Birthday, Herr Batomil!

Im Späti war es so eng, dass niemand umfallen konnte – oder alle zusammen.

Auch Gina und ihr Papa Lorenzo waren inzwischen da und hatten jede Menge Pizza mitgebracht. Frau Kursawe saß neben Hausmeister Palko. Zwischen ihren Füßen spielten die sechs Möpse mit Saughund Huwi. Nur Pendler hatte sich verzogen: Für seinen Geschmack waren eindeutig zu viele Menschen und Hunde im Haus.

Alle anderen aber redeten, aßen und tranken oder tanzten fröhlich zu Rokis Lieblingsliedern, bis sie nicht mehr konnten. Philipp dagegen saß etwas steif auf den Kissen im Schaufenster. Er schien nicht recht zu wissen, ob er wirklich willkommen war.

Schulleiter Struwwel hatte sich eine bunte Lockenfrisur aus Luftschlangen gebastelt und tat so, als würde er auf einer unsichtbaren Gitarre spielen.

Roki verstand nicht genau, was der Rektor da machte, aber die Bewegungen sahen interessant aus. Er stellte sich vor Struwwel und zupfte ebenfalls wild in der Luft herum.

„Aha!", sagte er zufrieden. „Bot!"

„Ein Luftgitarrenwettbewerb", rief Adam begeistert, „los, alle mitmachen!" Im Vorbeilaufen zog er Philipp aus der Schaufensterecke. „Komm, zeig uns mal, was du draufhast!"

Verblüfft schüttelte Philipp den Kopf. Doch kurz darauf zappelte er wie alle anderen mit seiner Luftgitarre durch den Kiosk.

Als das Lied vorbei war, fragte Adam: „Na, Roki, wer hat denn nun gewonnen?"

„Philipp – hicks!“, antwortete der kleine Roboter, ohne zu zögern. „Dreizehn – hicks! – Anschläge in der Sekunde, das ist Rekord. Hicks!“

Überrascht lachte Philipp auf. Er überlegte einen Moment, dann holte er Rokis Ladekabel vom Kassentresen und reichte es dem kleinen Roboter. „Statt Kompott“, sagte er grinsend. „Damit du nicht schlappmachst.“

Erst als es draußen schon lange dunkel war, löste die Party sich langsam auf.

„Uff!“, grinste Valerie und schloss die Ladentür hinter den letzten Gästen ab. „Morgen machen wir drei Stunden später auf – ist ja schließlich ein Späti.“

„Dann helf ich dir aufräumen“, bot Adam an.

„Logisch“, sagte Roki. „Das ist höflich, aha.“

Paul saß auf seinem Lieblingsplatz im Schaufenster und fühlte sich rundum glücklich. Wer hatte schon so ein cooles Zuhause wie er? Die ganze Klasse hatte mit ihnen gefeiert! Sogar Struwwel hatte richtig Spaß gehabt. Und er hatte Adam und Roki eingeladen, in die Schule zu kommen, wann immer sie Lust dazu hatten. Paul seufzte zufrieden. Es war ein megaaufregender, besonderer Tag gewesen, selbst für Rokis Verhältnisse. Und mit diesem Gedanken schlief er ein – mitten im Späti.

Als Paul die Augen wieder aufschlug, wusste er nicht gleich, wo er war. Er tastete im Dunkeln herum und fühlte seine vertraute weiche Decke. Er lag also oben in seinem Bett. Ob Adam ihn hinaufgetragen hatte? Dann erkannte er auch die Leuchtanzeige seines Star-Trek-Weckers: Es war kurz vor Mitternacht.

Paul dachte an Roki. Sicher lag der kleine Roboter jetzt gemütlich unten in der Werkstatt und schlief. Wohlig kuschelte auch Paul sich wieder ein, da huschte plötzlich ein blaues Licht über die Wand neben seinem Bett. Hallo? Blaues Licht? Es würde doch nicht wieder ... *Roki?*

Und dann stand auch schon seine Mutter in der Tür.

„Paul! Es geht wieder los, schnell aufs Dach!"

In Nachthemd und Schlafanzug flitzten sie die Treppen hinauf. Doch in der zweiten Etage kam ihnen Adam schon von oben entgegen. „Roki ist nicht auf dem Dach. Diesmal sitzt er auf der Straße!"

Tatsächlich. Der kleine Roboter saß vor dem Laden, der bis heute Nachmittag noch Viktor Waus Hundesalon gewesen war, und ließ seine Augen strahlen. Neben ihm hockte Pendler und starrte die Wand über dem Kiosk an.

„O nein, er schlafwandelt wieder", stöhnte Adam.

„Fehler", rief Roki über die Straße. „Roki schläft nicht, aha! Roki macht ein Geburtstagsgeschenk."

„Geburtstagsgeschenk?" Valerie schaute auf Adams Armbanduhr: „Fünf vor zwölf. Ein paar Minuten lang bist du tatsächlich noch ein Geburtstagskind“, lachte sie. „Was ist denn das für ein Geschenk, Roki?“

Gemeinsam liefen sie zu Roki und Pendler hinüber und schauten an der Hauswand empor. Da stand mit Rokis krakeligen Großbuchstaben und in strahlender Leuchtschrift:

ALLES GUTE ZUM GEBURTSTAG PAPA – BITTE DANKE!

„Hast du Roki einen Beamer eingebaut, Adam?“, fragte Paul verblüfft.

Doch der Wissenschaftler schüttelte bloß gerührt den Kopf und schwieg.

Da wurde plötzlich über ihren Köpfen applaudiert – die Nachbarn waren aufgewacht! Sie standen auf ihren Balkonen, klatschten und lachten. Und dann, eine Sekunde, bevor die nahe Kirchturmuhr Mitternacht schlug, riefen sie alle zusammen:

„Happy Birthday, Herr Batomil!“

Putzi und die Folgen

Als Paul ein paar Wochen später mittags aus der Schule kam, standen Adam und Valerie nebeneinander im Kiosk und lasen in einer Zeitschrift.

„So eine Gemeinheit“, sagte Valerie gerade, „das ist ja nicht zu fassen!“

„Was ist nicht zu fassen?“, fragte Paul neugierig.

„Schau dir das an.“ Adam hielt ihm die Zeitschrift hin und tippte mit dem Finger auf eine große bunte Werbeanzeige:

SAUGHUND PUTZI
DER HAUSHALTSROBOTER,
DER SAUGT, BELLT UND WEDELT!

Daneben war ein selbstfahrender Staubsauger abgebildet. Er erinnerte Paul an Adams alten Hoover-Robot 1.200, oder besser: an Huwi. Nur, dass der Sauger in der Zeitschrift auch noch einen beweglichen Handfeger hatte! Es sah tatsächlich ein bisschen wie ein Hundeschwanz aus.

„Ich wusste gar nicht, dass du ihn fertig gebaut hast“, sagte Paul ein bisschen vorwurfsvoll. Hätte Adam ihm das nicht erzählen können?

„Habe ich doch gar nicht“, wehrte sich Adam. „Das ist ja das Komische. Jemand muss dieselbe Idee gehabt haben. Aber er hat ihn noch verbessert, siehst du?“ Er zeigte auf den Handfeger. „Darauf war ich noch gar nicht gekommen“, sagte der Wissenschaftler anerkennend.

„Ich wette, das war dieser Neklapil“, sagte Valerie. „Du hättest ihn nicht einfach laufen lassen sollen, Adam.“

„Aber wie …“ Paul überlegte. „Die Pläne für Huwi sind doch auf deinem Computer gespeichert“, sagte er zu Adam. „Wie hätte jemand da rankommen sollen?“

„*Pijuuub*. Aha!“ Roki hatte die ganze Zeit still auf dem Kassentresen gesessen. Jetzt drehten sich alle zu ihm um. Adam runzelte die Stirn, als hätte er plötzlich eine Ahnung.

„Weißt du etwa was darüber?“, fragte er Roki argwöhnisch.

„Quatsch“, meinte Valerie.

Doch Roki ließ seine Augen aufleuchten und lachte.

„Logisch“, sagte er. „Hehehe. Viktor Wau braucht neue Erfindung – Roki schenkt sie ihm. Fehlerbehebung, das ist höflich. *Pijub*.“

„Du – du hast Neklapil meine Pläne für den neuen Saughund geschickt?“, stammelte Adam entgeistert.

„Bot“, sagte Roki. „Per E-Mail. Plus Idee für Wedelfunktion.“

„Das glaub ich jetzt nicht“, stöhnte Valerie.

„Er wollte sich doch bloß entschuldigen“, verteidigte Paul seinen Freund. „Weil wir Neklapil immer noch nicht das Passwort gegeben haben.“

„Tja, das braucht er jetzt auch nicht mehr“, meinte Adam. „Dank Roki kann er sich mit Putzi eine goldene Nase verdienen.“

„Ups“, machte Roki.

Noch einmal vier Wochen später bekam Adam eine Ansichtskarte mit einem riesigen Kreuzfahrtschiff darauf. Auf der Rückseite stand bloß ein Satz:

Vielen Dank für die Pläne – und Grüße von den Malediven!

Professor L.V. Neklapil

„Den sehen wir nie wieder“, seufzte Adam. „Putzi ist anscheinend ein echter Hit geworden.“

„Na prima“, freute sich Paul. „Dann ist Roki ja ab jetzt nicht mehr in Gefahr.“

„Kannst du nicht einfach einen neuen Hit erfinden, der uns reich macht, Adam?“ Valerie schaute den beiden über die Schulter. „So eine Kreuzfahrt würde ich nämlich auch gerne mal machen.“

„Ferien mit Roki?“, sagte Adam entsetzt. „Das fehlte mir gerade noch.“

Alle lachten.

Doch als Paul an diesem Abend im Bett lag, malte er sich genüsslich aus, was Roki auf einem Kreuzfahrtschiff so alles anstellen könnte – oder in einem schicken Hotel. Oder in einem Flugzeug? Wo auch immer. Ferien mit Roki wären auf jeden Fall ein riesengroßer Spaß!

@ Isabelle Grubert

Andreas Hüging verbrachte 20 Jahre als Musiker, Texter und Komponist in Hamburg und mit Bands on tour, bevor er zu schreiben begann. *Angelika Niestrath* war Buchhändlerin, arbeitete für Verlage und als Beraterin. Seit einiger Zeit schreiben und entwickeln die beiden auch gemeinsam Kinderbücher und dazu Bühnenshows mit Musik, zum Beispiel „Roki – Das Robotical". Das Duo lebt in der Grafschaft Bentheim, in Berlin und auf Reisen.

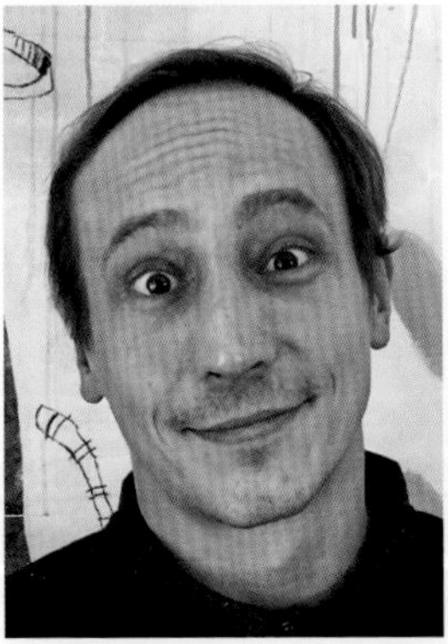

@ privat

Nikolai Renger ist in Karlsruhe geboren und studierte Visuelle Kommunikation an der HFG in Pforzheim. Er ist als freiberuflicher Illustrator für verschiedene Verlage und Agenturen tätig und arbeitet seit 2013 im Atelier Remise in Karlsruhe.

Dieses Buch ist auch als E-Book erhältlich.

MIX
Papier aus verantwortungsvollen Quellen
FSC® C010328

Verlagsgruppe Random House FSC® N001967

1. Auflage 2019

Umschlaggestaltung und -illustration: Nikolai Renger
Innenillustrationen: Nikolai Renger
TP · Herstellung: AJ
Reproduktion: Lorenz & Zeller, Inning a. Ammersee
Druck: Alföldi Nyomda Zrt., Debrecen
ISBN 978-3-570-17638-2
Printed in Hungary

www.cbj-verlag.de

Andreas Hüging/Angelika Niestrath

ROKI

Mein Freund mit Herz und Schraube

176 Seiten, ISBN 978-3-570-17390-9

Knuffig wie ein kleiner Bruder und tausendmal so schlau!

Paul macht Augen, als er entdeckt, was der Erfinder Adam Batomil in seiner Werkstatt verbirgt: einen kleinen selbstlernenden Roboter! Roboterkind Roki ist blitzgescheit und lernt in null Komma nix sprechen, laufen, aufräumen – sogar lachen und rülpsen! Roki muss unbedingt geheim bleiben und darf Adams Werkstatt nicht verlassen. Aber da Rokis Roboterhirn immer Hunger auf Neues hat, wird dem neugierigen Knirps schon bald langweilig. Als Roki ausbüxt, um die Welt zu erkunden, setzt Paul alles daran, seinen Roboterfreund wieder einzufangen ...

cbj

www.cbj-verlag.de

8395